Exploraciones Quiméricas Vol. 1

Antología

Exploraciones
Quiméricas Vol. 1

Primera edición, 2019

EXPLORACIONES QUIMÉRICAS VOL. I

Diseño de portada: «Portales hacia la incertidumbre», Foto-collage digital, Nuria Mel., 2019

Composición: Jorge Rojas

@ 2019, Adrián Sandoval, Beatriz Cadavid, Denisse Beltrán, Felipe Romero, Fernanda del Monte, Hugo Corona, José Gaona, Malú González, Nitzhui Morales, Silverio Contreras, Ulises Manzano, Yonnier Torres
@ 2019, Nuria Mel.
@ Christian Thalmann, por la tipografía Cormorant Garamond
@ Matt McInerney, Pablo Impallari, Rodrigo Fuenzalida por la tipografía Raleway

D.R. @ 2019, Grupo Editorial Lectio S.A.S. de C.V.
Narbona 6, 09890, Ciudad de México

ISBN: 978-607-98087-7-8

Comentarios y sugerencias: contacto@lectio.com.mx
www.lectio.com.mx

Hecho en México • *Made in Mexico*

Prólogo

Adentrarse en lo desconocido supone iniciar una relación directa con el acto de explorar. Uno explora con la intención de conocer o de estudiar lo que hasta el momento se le escapa de las manos. Pero el deseo, motor del propósito indagatorio, no conoce límites. Cuando se explora un ente físico o de ficción –una quimera–, suele hacerse de manera desmedida, y la intención inicial, centrada en el conocimiento, se torna en ilusión o espejismo. Cuántas veces no hemos presenciado en la historia de la humanidad cómo ésta se ha empecinando en desentrañar los senderos de una realidad engañosa. Y en ese empecinamiento ha edificado sus propias invenciones, sus propios sueños e ideales. Se ha dicho a sí misma que la existencia material es más vasta de lo que sus ojos observan. Y con ese anhelo de trascendencia ha tratado de adueñarse de aquellas aspiraciones compartidas que yacen en su interior. Una de ellas, quizá la más antigua, es el acto de narrar.

Se narra desde tiempos inmemoriales con la finalidad de adueñarse del tiempo mismo. Se narra, también, para preservar una visión del mundo, para perpetuar un discurso que busca sus resonancias en la otredad, que busca aquellos espacios propicios para diseminarse como diáspora. Así, exploración y narración encuentran sus conexiones, a veces invisibles, a través del empeño por preservar el ideal y la memoria. De lo visto, de lo soñado, de lo anhelado se tiende un puente hacia lo relatado, lo contado o lo enunciado a través de la palabra. Con ese simple acto, que demuestra que la realidad no es suficiente, la ilusión antes mencionada se hace tangible. Ello no significa que dicha quimera sea perniciosa por sí misma, o que tienda al más ramplón autoengaño humano, sino que mediante la edificación de dicha ficción, los límites físicos o cognitivos se rompen, y en su lugar aparece, clara y refulgente, la consciencia de la posibilidad. Por esa razón decidimos lanzarnos a explorar las posibilidades de la ficción narrativa –y que mejor que hacerlo a través de un artefacto tan pulido como el cuento–, y tras una indagación bastante placentera encontramos, para nuestra fortuna, a doce narradores de calidad sobresaliente.

En la presente antología de cuentos, perteneciente al primer volumen de Exploraciones Quiméricas, el lector encontrará la conexión entre narración y deseo indagatorio, ese mismo deseo que nos llevó a recorrer parte del continente hispanoamericano en la búsqueda de voces auténticas que relataran sus vivencias y anhelos desde sus trincheras respectivas. De México, pasando por Cuba, Chile, Colombia y Venezuela, la literatura se abre paso no sólo mediante una visión enraizada en la consciencia y la tradición literaria del mundo hispano, sino a través de una consciencia hilvanada a la luz de la literatura universal. Bajo las páginas de este libro aparecen las reminiscencias del horror cósmico y el terror, de la literatura *pulp*, de las tradiciones del cuento realista y de la literatura fantástica, así como de la indagación detectivesca, la ciencia ficción y la incoherencia humorística del absurdo. Será cuestión del lector juzgar tanto los relatos que a continuación le presentamos, como a los escritores, en su mayoría noveles, que decidimos compilar. Sin embargo, los ponemos sobre aviso, ya que decidimos dar el primer paso, y tras la exploración inicial que nos llevó a recorrer el frondoso bosque de la literatura, atravesando sus parajes menos vistosos, aunque no por eso menos vívidos, regresamos con un puñado de gratas sorpresas que, sin dudas, incitarán a los lectores a continuar este periplo literario. La exploración, con la inauguración de este primer volumen, no ha hecho más que comenzar, y las quimeras que aguardan en los diversos rincones del continente, que yacen a la espera de ser descubiertas, buscando al viajero solitario que las desentierre de sus laberintos individuales, nos resultan más que vistosas y hacia ellas nos aventuramos. Hacia esa tarea nos lanzamos dichosos, caminando resueltos por el sendero desconocido y palpitante de la ficción y moviéndonos por los derroteros de aquella exploración que a todas luces se convertiría, tarde o temprano, en una exploración de dimensiones quiméricas.

Alan Santos

Pequeño drama romántico sin ocurrir en tres actos

G.I. Zen

De piscinas y horrores cósmicos

Adrián Sandoval
Venezuela

Pequeño drama romántico sin ocurrir en tres actos

(I)

La noticia lo alcanza de la misma manera que ese tipo de noticias no terribles pero sí terriblemente incómodas tienden a llegarnos. Véase: en conversación, a medio chismear y de paso. Quince minutos antes de Historia.

El problema con este tipo de información, especialmente cuando le llegan a este tipo de persona en la que Diego se está convirtiendo, es que subsisten única y constantemente en el reino del escepticismo. Por lo menos para aquellos que las reciben.

—Dicen por ahí —fue lo que empezó a decir Johana quince minutos antes de Historia —que ustedes le gustan a dos de quinto.

A pesar de que su incipiente naturaleza paranoica apenas se encuentra desarrollando tallo, Diego está en lo correcto al dudar —al menos a medias— de estas palabras. Johana es una mitómana infame en ciertos círculos que no conocen muy bien el significado de la palabra.

El *ustedes*, al que Johana con tanta calma refiere, como si asunto serio no fuese, son Diego y su amigo Daniel. Danielito para la mayoría.

Danielito recibe la noticia con la naturalidad con la que un mastín recibe la picada de un mosquito, muy literalmente rascándose la oreja de apenas sentirlo.

Diego cree mimetizar ese desinterés con la perfección de la práctica, pero lo suyo no es una picada de mosquito sino de avispa.

Sentados debajo de los aros de básquet —desnudos de redes porque no se usarán sino hasta el próximo semestre— Diego lanza una mirada lenta hacia el segregado grupo de quinto. Como si recorrer cada cabeza llena de cabello, cada par de piernas revestidas en medias largas, blancas, y con sus faldas pasadas los muslos, fuese a darle al menos una pista concreta de la supuesta enamorada anónima.

Alas, poor Yorick, Diego no es tan observador como los detectives de las novelitas que su hermano mayor insistía en regalarle.

Suena el timbre. Pasado el ordenado caos usual del proceso de formación y regreso a clases, el aparente misterio no ha abandonado a Diego. El muchacho no se tiene que preguntar porque este es el caso, lo sabe. Hace más de lo que uno debería admitir para ocultar que no ha estado con una niña, y el último intento había sido una derrota de tan espectacular proporción que lo perseguía en súbitos recuerdos vergonzosos, especialmente esperando trenes.

Historia es un buen lugar para el silencio y los susurros discretos. Es mentira que la autoridad que la profesora Lemu cree blandir sobre las cabezas de sus estudiantes —que se mueven como ratas sostenidas por las colas— es lo que mantiene esta calma. Es más bien el resultado de una mezcla entre el panzoneo de empanadas y el cansancio producto de caimaneras bajo el sol implacable. El aula huele a sudor joven y fresco, a capas de perfumes baratos y a lápices recién afilados. A través de este aire Diego se atrevería a susurrarle a Johana por más información. Se atrevería si el silencio que enmarca hoy ese aire no fuese más pesado de lo usual.

Calcula sobre las tres cabezas que lo separan del pupitre de Johana, entre ellas la de Danielito, quién dice no creer en los secretos. Mandar notas supone el riesgo de perder privacidad, uno nunca sabe quién va a leer el mensaje privado, pero Diego decide arriesgarse. Le hace falta una victoria este año.

Diego arranca un trozo de página, garabatea veloz, sigiloso. Dobla el trozo y lo pasa hacia adelante.

—Para Jo —susurra hacia Danielito, y la nota dice: «¿Quiénes son?».

La nota pasa manos.

—Para Diego —le susurra Johana a Martita, y la nota dice: «¿Quiénes son quienes?».

La nota pasa manos.

—Para Jo —susurra Diego hacia Danielito, y la nota dice: «No te hagas la burra, las de quinto».

—Para Diego —susurra, otra vez, Johana hacia Martita, y la nota dice: «Eso es privado, esas cosas no se cuentan, jaja».

—Para Jo —susurra, otra vez, Diego hacia Danielito, y la nota dice: «Nombre, o le digo a tú sabes quién lo del espejo».

Johana, al recibir el mensaje, voltea su cabeza por encima de las otras tres, con una mirada funesta pero obviamente rendida. Diego le sonríe orgulloso. Johana garabatea, ruidosamente, como si el carbón del lápiz pudiese gritar por ella.

La nota pasa manos, se detiene en su origen.

Viendo el letrero banalizado del salón, y admirando el «Sexto B(urros)», Diego se repetirá el nombre que acaba de leer sin provocar un solo sonido con sus labios.

(II)

Diego estará echado en la sala y tendrá, como es usual, el televisor encendido sin volumen y la radio encendida a todo volumen, pero sin prestarle atención. Estará echado sobre el sillón, su favorito, tomándose un refresco de uva con un pitillo, a pesar de que su viejo le dijo que no más bebidas en el sillón desde que le cambiaron la tapicería. Ahora es blanco perla.

Diego estará viendo hacia el techo, en la radio sonará algo de Sweet que le encanta pero que no le importará. Tendrá las piernas estiradas, los pies descalzos, el uniforme a medio arrancar de su cuerpo, una mano detrás de la nuca y la otra en la bebida.

Se terminará el refresco y seguirá pensando en Miriam Hernández. Johana le había dado los dos nombres a pesar de haber querido sólo uno, incluso poniéndole debajo de cada uno de éstos, entre paréntesis, quién le gustaba a cada quien. Aparentemente, Miriam Hernández a Diego. Diego no estaba seguro si a él Miriam, pero lo contemplaba.

Dejando la botella vacía, fresca de colorante violeta, se rascará la nariz como hace cuando piensa, o finge que piensa. Repasará mentalmente lo poco que sabe de Miriam Hernández antes de repasar mentalmente su cuerpo. Habrán tenido, quizás, cerca de cinco conversaciones en su vida, que es la cantidad usual entre dos personas en grados distintos.

También recordará que la hizo reír una vez con un chiste de un pato y un chino que le contó Danielito.

Su cuerpo lo armará en su cabeza de a trozos sueltos, por alguna razón que no se explica. Las rodillas bonitas que misteriosamente siempre tiene igual de rosadas que sus cachetes. El cabello ondulado, negro, y que lleva corto cuando su mamá lo tiene corto o largo cuando su mamá lo tiene largo. La manera en que se sienta, erguida. La nariz pequeñita y los ojos grandes. Las pestañas curvadas pero naturales. El hecho de que huele bien, como a alguna jalea fresca.

—Cuando pienses en jevas —le había dicho su hermano durante la última visita que hizo de la universidad—, fíjate en cómo huelen. Una buena jeva tiene que oler bien.

Y sí, Miriam olía bien.

A pesar de, Diego se sentirá curiosamente indeciso. Se estirará con exagerada pereza, y con la misma exagerada pereza se hará camino hasta el teléfono de la sala. Marcará con paciencia el número de Danielito, que siempre tiene buenos consejos con estas cosas porque a él siempre le va mejor con las niñas.

—Hola, señora, es Diego. ¿Está Danielito?

Saludará después de cuarenta y siete segundos de espera.

—¿Lo ve muy ocupado? ¿Le puede preguntar si puede atender? No es una emergencia, tampoco. Gracias.

Diego esperará otros segundos, jugueteando con el cable del teléfono, ajustando inútilmente una de las figurillas de cerámica en la mesa más cercana.

—¿Épale, Dani?

Preguntará, también inútilmente.

—Sí, todo bien.

Diego recogerá el cuerpo del teléfono. Hablando,

deambulará por la sala.

—Sí, obviamente estoy sólo, mi viejo está trabajando.

Diego se detendrá frente al piano que solía tocar su madre, lo observará, pero no rozará las teclas.

—Sí, «así es la vaina». ¿Ladillado? Algo, más o menos. Mira, te quería medio preguntar algo.

Tragará, o creerá que se tragará un suspiro.

—No, no sé si importante. Me enteré de cuales eran las jevas de las que hablaba Johana. Por lo menos me enteré de una. Miriam Hernández es a la que le gusto.

Regresará al sofá, luchando un momento con el cable del teléfono.

—Sí, ella.

Se sentará y el suspiro ahogado escapará de su cuerpo como si escapase del cojín.

—Bueno. Es que no sé. ¿Tú crees que sea verdad eso?

Diego se volverá a echar al sillón.

—Sí. «Quién sabe». ¿Estás ocupado? ¿Te quieres llegar a ver si esta vez matamos a Goro?

Escuchará la respuesta casi impaciente, danzando su pie al volumen de la radio que sigue muy dura.

—Bueno. Bueno, avísame cualquier vaina. Chao.

Colgará el teléfono y lo reposará en la mesita al lado del sofá.

Diego volverá a estar acostado, solo, con la televisión mutada y la radio que disipa la posibilidad del silencio.

Se preguntará a sí mismo si tiene energía para matar a Goro sin compañía.

(III)

—Ya va, dame un segundito —le dirá Danielito después de escuchar el aviso de su vieja desde la sala.

Danielito se levantará de la mesa de la cocina, llevándose su vaso de limonada, y en la boca el sabor aún preñado de la torta de zanahoria. Después de asegurarse con un vistazo rápido de que su vieja colgó desde el otro extremo, atenderá la línea.

—¿Aló?... Sí, obviamente soy yo, Diego. ¿Todo bien?... Estás solo ¿me imagino?... Sí, bueno, así es la vaina ¿Estás muy ladillado?... Verga. ¿Será importante? Estoy medio en una, ahorita... Ah, ella, la de las rodillas... ¿Y qué pasa con eso, entonces?... Sí es verdad: quién sabe. Tú sabes cómo es Jo con estas vainas, también... Verga, dile lo que te dije, ahorita más o menos estoy en una... ¿Capaz más tarde? ¿O mañana después de clases?

Danielito colgará el teléfono, se enjugará las encías con un trago de limonada y regresará a sentarse en la mesa de la cocina, paralelo a Miriam Hernández.

Ella le preguntará si todo está bien. Él sonreirá con un: «todo relajado». Miriam responderá con una sonrisa.

—¿Qué te estaba diciendo? —Preguntará Danielito.

—Me estabas contando que el chino entró al restaurante y pidió un pato —responderá Miriam, que luego reirá como si no hubiese escuchado ese chiste antes.

G.I Zen

—Es el segundo disco de Cohen, salió hace un año ya,
alcancé a escucharlo casi después de que salió, poco antes
de desembarcar. Llegó al puesto sesenta y tres en la cartelera
Americana pero al segundo en la británica. No te miento, los
británicos, objetivamente, tienen mejor gusto que nosotros.

Tobi siempre está lleno de estas pequeñas trivias, y como
si sufriese de un Asperger extremadamente selectivo, no
decide transmitirlas sino hasta que estamos trabajando. Las
metralletea —estas trivias—, creo yo, para que sus dientes no
se prensen tanto con los nervios. Ya están bastante chuecos y
me ha dicho que es lo único de su persona que no le agrada,
sus dientes.

Siempre me ha sorprendido lo calmado, en yuxtaposición,
que me siento yo cuando trabajo. He trabajado con mis
manos toda mi vida, una larga lista de trabajos mierderos en
fábricas mierderas. Durante ésos nunca estaba calmado. Pero
en este trabajo, en éste sí puedo estar tranquilo. El mundo

se me desangra alrededor dejando solamente mis manos, el latir de mi corazón, uno que otro olor, los alicates, el ritmo, de vez en cuando la voz nerviosa de Tobi o el reverbero de una detonación.

Cuando estoy trabajando no pienso en nada sino en los patrones que tengo que seguir, las instrucciones que sé cómo cumplir de la misma manera que Charlie sabe no tocar el aceite hirviendo.

El trabajo suena estresante, pero la verdad es que llega un punto en que te acostumbras tanto que podrías hacerlo con los ojos cerrados, si no fuese tan satisfactorio y absolutamente necesario ver lo que haces.

Capaz Leila tenía razón, aquella última noche, y simplemente estoy loco.

Tobi incluso a veces dice cosas que —naturalmente— yo ya sé, cuando escupe sus trivias:

—La M41 tiene 56 milímetros de diámetro. El gatillo de disco reacciona a presiones ajustables y es lo que hace contacto con el pin disparador que inicia la detonación. Su tamaño y carga explosiva no sería particularmente peligrosa si no fuese porque puede ser interconectada con otras minas más grandes, éstas rellenadas de metralla y cargas más devastadoras. La empezamos a usar nosotros alrededor del 55, supuestamente produjimos tantas y tan innecesarias que fue así como terminaron aquí. «Innecesarias» porque no se nos había ocurrido hacer lo que hacen los Cong, eso de conectarlas a otras minas. Deberíamos ser más como los canadienses. Menos minas y más Cohens.

Corto, limpio, aseguro y recojo mis herramientas. Nos movemos hacia la próxima labor.

El sol está alto, lo que es bueno porque a veces está nublado o caen lluvias torrenciales y obviamente eso complica el asunto.

Una brisa restriega el campo, silba rozando la boca de un mortero abandonado.

Tobi es lo que los chicos del pelotón llaman afectuosamente «Lazarillo». Es la manera en que le evitan recordarle que tiene que andar tres metros delante de mí con un detector de metales.

A lo que yo hago los del pelotón le tienen un sobrenombre menos delicado: «Relojero suicida».

No es delicado, pero es preciso.

Pasos en el pasto, sobre las brisas, el silencio total, el distante eco de algún bombardeo, las conversaciones de a tres oraciones de nuestros vigías, siempre a treinta metros de distancia. A pesar de esos metros puedo denotar sus rostros. Son jovencitos. No es que yo sea viejo, ni que lo parezca además de mi mirada hundida, pero ellos en serio son niños.

A su edad, mi mayor problema era saber a qué cine iba a llevar a Leila.

Como no estamos trabajando, sino caminando, buscando trabajo, me da tiempo de pensar. Tiempo de pensar, porque no estoy concentrado y distraído a la misma vez. Alcanzo a pensar en Leila, esa última noche hace tres meses.

Los gritos, las lágrimas, aullidos de coro a los llantos de Charlie. Natural, naturalmente, todo el asunto. Ninguna mujer sana de la cabeza se toma bien que su prometido recién llegado le diga que quiere volver a irse.

—¡Esta vez ni creas que voy a esperarte, *cabrón*!

Eso fue lo que me chilló antes de uno de los primeros lanzamientos olímpicos de lámpara hacia la cabeza. Natural, naturalmente, me hubiese consternado cualquier otra reacción.

El traqueteo errático de una nueva labor —gracias al cielo— me saca de mi cabeza.

Incluso antes de ver la nueva sorpresa que nos tienen, ya empiezo a entrar en ese trance raro. Aún no estoy moviendo mis manos pero mi respiración ya se está acompasando a una ligereza, una que haría a la quietud de este valle parecerse los temblores de un abstemio.

Soy un metrónomo humano. Al menos, esta vez, eso es lo que creo, ignorante del futuro.

Paralelamente, mi lazarillo empieza a sudar incluso más. Puedo ver su corazón salírsele de su camisa, tamborileando, un colibrí con taquicardia.

Entonces, Tobi tiene estas pequeñas trivias, este Asperger extremadamente selectivo:

—Las grabaciones para *Canciones desde una habitación* habían empezado en Hollywood, producidas por un tipo dizque llamado David Crosby. Por una que otra razón, eso no se dio. Cohen se fue a Nashville y terminó de producir el disco con un tal Bob Johnston. Supuestamente, dice Cohen, es porque Johnston le podía dar ese sonido *espartano* que creía le había hecho falta al primer disco. Yo no sé de qué habla, el primer disco a mí me sonó más que bien.

Nos agachamos alrededor del nuevo asunto, con cuidado, lentitud, paciencia. Con costumbre.

Tobi esconde bien sus temblores. Uno pensaría que estoy en posición de demandar a un asistente igual de calmado que yo, pero a estas alturas de todo el desastre la mayoría prefiere ir a prisión con baja deshonorable que ser lazarillo.

Natural, naturalmente, uno no esperaría otra cosa. Si no me equivoco, Tobi tomó el trabajo solamente porque se metió en problemas con un yo-no-sé-quién de alto rango. Algo sexual, dicen las malas lenguas del pelotón.

Le tiendo a Tobi las herramientas, él las abre mientras yo estudio la situación con la concentración —y el subsecuente aburrimiento— de un sabio que todo lo sabe.

Nada que valga la pena describir. Composición compleja, casi artística, pero nada con lo que yo no supiese lidiar.

A pesar de, estoy pensando en ella: en Leila.

Le pido un destornillador a Tobi, y tendiéndomelo, otra pequeña trivia:

—Para activar el M14, el enchufe de base se quita y desecha y un detonador de punción M46 se atornilla en la base de la mina. Luego, la mina se coloca en un orificio poco profundo en el suelo y la placa de presión se gira cuidadosamente desde su posición de seguridad a la posición armada. Hay que utilizar la llave de armado especial suministrada en cada caja de minas, pero para ahorrarse el trabajo y cubrir más terreno los arroceros a veces se arriesgan a hacerlo incluso con cuchillos de mantequilla. Jurado, estos tipos en serio no quieren perder.

Mi mano siente el peso del destornillador, aún no toco nada, estoy usando la punta para seguir ciertos cables, alicates, algunos conectados a desapariciones bajo el barro.

Mi lazarillo y con su trivia:

—Finalmente, el clip de seguridad de metal en forma de U se retira de la placa de presión tirando del cordón adjunto. En este punto, la mina está completamente armada con un diámetro de explosión de dos metros.

La punta de mi destornillador está rozando uno de los alicates, y luego otro, y luego otro, otro, otro, otro, otro. Tanteo con los ojos los pasos a seguir, con ritmo, un ritmo quieto.

Después de esa pelea con Leila me fui del apartamento lo más rápido que pude, sangrando de la cortada que me dejó en la frente con la botella rota de champaña y el taconazo que me rozó el labio.

La botella la habíamos guardado para el aniversario que era en tres semanas. Yo abordé para regresar dos semanas después de eso.

No sé por qué o cómo estoy pensando en eso ahora.

—Suponiendo que se brinde atención médica urgente, lo más seguro es que la herida de una M14 no sea mortal. Por lo general destruye una parte significativa del pie, dejando algún tipo de discapacidad permanente. El hecho de que la carga explosiva en un M14 tenga una forma ligeramente cónica enfoca la mayor parte de la explosión hacia arriba, como hacerse la paja acostado de espaldas. ¿No te estoy molestando con todo esto, o sí?

Tobi debe de estar particularmente nervioso. Nunca me pregunta si su nerviosismo me pone nervioso a mí, al menos que esté particularmente nervioso.

Le respondo que no, le digo que me pase un alicate. Antes de morderlo y empezar a abrir la mina, le digo que Cohen tenía razón:

—*Canciones desde* es muchísimo mejor que *Canciones de Leonard Cohen.*

Empiezo a trabajar. Estoy concentrado y desconcentrado. Un amigo hippie de Leila me dijo que eso se llama «Zen». «¡Relájate G.I Zen!», tendía a escupir cuando veía mi cara de aburrido en sus fiestas.

Confidencialmente: un hippie me escupió encima en mi primer día de regreso. Me vio en uniforme y pensó que era un oficial. No confidencialmente: odio los hippies.

—Eso es cierto. *Canciones* desde tiene a «Ave en el cable», todo el mundo habla de ésa, pero mi favorita es «Montón de héroes solitarios». También tiene «La historia de Isaac».

Leí una revista en la que dijo: «Tuve cuidado con ésa para que estuviese más allá de lo puro, más allá de la simple protesta contra la guerra, que también lo es». Seguramente lo dice porque dice al final «es que el hombre de guerra es el hombre de paz». En otras palabras, no es necesariamente para la guerra que estamos dispuestos a sacrificarnos unos a otros. ¿Me explico? Cohen nos dice que tendremos una idea, alguna idea magnífica, de que estamos dispuestos a sacrificarnos. Digo, es obvio que los canadienses no tienen los rockeros, los de verdad, pero hay que admitir que tienen a los poetas. Tienen a los poetas.

Mascullo una afirmación en forma de respuesta, trabajando, obviando mencionar a Dylan.

Mi lazarillo aprieta la siguiente trivia:

—El disco en su totalidad tiene diez canciones. En el Lado A: «Ave en el Cable», «Historia de Isaac», «Un grupo de héroes solitarios», «El Partisano» y «Desde hace tanto, Nancy». Esa última, ahora que lo pienso, es mi favorita-favorita. En el Lado B están: «La vieja revolución», «El carnicero», «Sabes quién soy», «Lady Medianoche» y «Esta noche estarás bien».

—«Isaac» estaba sonando en esa taguara a la que me fui hasta la madrugada, esperando a que Leila se terminase de dormir, o irse del apartamento sin mí —le empecé a contar, por completo accidente, a Tobi. No hubo respuesta sino su respiración nerviosa. Yo no seguí hablando.

Volví antes del amanecer para recoger algunas cosas, la última noche. Leila estaba desmayada en el sofá con una botella a centímetros de la mano y un cigarrillo que se apagó sobre su blusa.

La cocina en la radio seguía encendida, ni ella ni el bebé podían dormir sin música. Sonaba «Esta noche estarás bien».

Le di un beso a Charlie sin despertarlo cuando terminé de empacar. Escuché a Leila murmurarme una pregunta cuando estaba en la puerta.

No sé qué pasa hoy. Usualmente estoy perfectamente zen, usualmente Tobi no está así de nervioso. Está nervioso, pero no así de nervioso.

Leila, desde la oscuridad, me preguntó por qué. No le respondí que es porque quería salvar vidas, ni porque el mundo al que había regresado ya no lo entendía, ni él a mí. No le dije esas cosas porque serían mentiras.

No le respondí que es porque la heroína y las prostitutas son más baratas en Nam, ni porque estaba bastante seguro de que Charlie era de su amigo el hippie. No le dije esas cosas porque serían verdades.

No le respondí nada, al final, antes de cerrar la puerta.

Es perfectamente normal que esté pensando en todo esto, ahora es que me doy cuenta. La realización me llega menos de medio segundo después de cometer el error. No estoy zen porque seguramente es la última vez que hago de relojero.

De piscinas y horrores cósmicos

¿Será capaz? Digo, será capaz un hombre que es capaz de estarse así en esa
oscuridad total, en la que uno puede ver mejor que a la luz del día.
Andrés Caicedo, *Noche sin fortuna*

Asaltado por los tormentos de esta noche fría y rociada, de aparente consciencia propia y reticencia a acabarse de una maldita vez. Maldita noche, uno no puede si no, en este caso uno siendo yo, dar vueltas en la cabeza cual muerto malhablado. Y si la terrible, horrible, terrible-dos-veces cacofonía de voces y presencias que están sin estar me diesen amparo, quizás podría ir y venir entre los recuerdos del día de hoy con algo más de orden.

Otra brisa desplaza el frío de cloro, pero ya ha pasado tanto, espero que haya pasado tanto y no poquito, que ya ni siento la cadencia del tiempo, ya no siento nada, excepto ese peso imposible que imposibilita cualquier movimiento. Ni siquiera abrir mis párpados de golpe como uno haría una cortina que esconde una sombra espeluznante. Ni siquiera pude espantar a la lapa, la lapita nocturna que vive en la colina que codea la piscina y el estacionamiento del edificio. Lapa que se adueña de este aguadero de azul de metileno fosforescente y que venga la intrusión de mi cuerpo tendido reapareciendo cada cierto caótico tiempo, geliéndome, lamiendo, haciendo su chillido horrible.

Qui, qui, qui, qui.

Lo peor es que no puedo probar que esa lapa está aquí de verdad, paseándose por encima de mi espalda, torturándome. ¿Por qué coño uno tiene que ser así? Uno en este caso —otra vez— yo. ¿Por qué ser así y no tomarse las condenadas medicinas?

Mejor dicho —corregido— habérselas tomado y mezclado con cerveza y porro y calentura desenfrenada de la que pega con una calle ciega.

Otra vez la cacofonía, siempre después de la arrítmica aparición de la lapa lapita, otra vez los pasos, la presión invisible de presencias improbables. Sus mensajes en lenguajes secretos, maldiciones seguramente, porque ésas son las únicas cosas que pueden susurrar las sombras parlanchinas. Sólo les entendí una vez, la vez que el dragón voló de la repisa quién sabe por qué para pegarme en la cabeza. Era un juguete y ésos a veces se mueven. También estaba dormido, yo, no el dragón, esa vez. Me estaban susurrando también esa noche, pero debe ser que ni se lo esperaban, los otros, las sombras, y de sorpresa se les olvidó su código, y clarísimo se les escapó:

—Vidente...

No me acuerdo de nada sino hasta que terminé de gritar, y cuando terminé de gritar mi vieja y mis primos (José y Carlos que estaban durmiendo en el piso) me estaban viendo con esa cara de loco que la gente me da cuando me dan esas cosas. ¿Será que soy loco de verdad, de verdad?

Mi psiquiatra nos dice todo el tiempo que son brotes psicóticos, o que son ataques de parálisis de sueño. Más o menos para no decir: mire-yo-no-sé.

Pero ese último brote fue hace dos meses y éste de hoy es otra cosa, y si no me equivoco (y pocas veces me pasa en lo que se refiere a estos viejos demonios y dioses escurridizos), creo que esta noche, maldita noche desafortunada, puede ser la última. Esta noche que no se acaba, con los besos de la lapa y los fríos mojados y árboles secos silbando y las sombras. Los pasos, los ojos que no se dejan ni obligados a abrir y el cuerpo que no se mueve.

Esta noche es la última. Ellos o yo. Matar-o-morir-matar-y-morir.

Ahora que se fue la lapa, calculo que tengo un tiempo de respiro antes que mis enemigos invisibles —que también viven dentro de mí— regresen para un contraataque. Puedo reestructurar, rememorar, solidificar.

Vertiginosa la velocidad con la que un buen día de uno se puede convertir en la aparente última noche de cordura. Cuando digo uno hablo de mí una vez más, si me entienden.

Luisinés me había dicho que su prima, la Vivi, nos había invitado a su casa. A mí me sorprendió porque por lo que sabía de Vivi por Sinés, ella era más bien de cuadrar con carajos y listo-chau-papu-pal-próximo-vamos. Yo no había tenido problema con eso, tuvimos una buena noche, tremendo polvo, cada quien para la suya. La verdad como así de material de novia no tenía mucho, Vivi, y por igual yo de novio no le iba a servir de nada. Como ella era de esas de la parte de arriba del valle, donde hay montaña, árboles y los apartamentos tienen dos pisos, me figuraba que nada tendría que hacer conmigo que usaba los mismos pantalones dos semanas seguidas. ¿Se me sigue? ¿Estoy siendo prejuicioso?

Para lo que es la misma Sinés, me estaba comentando que estaba sorprendida con que haya insistido —de nuevo, la Vivi— en que fuese yo también, mientras subíamos una calle empinadísima hacia el edificio donde vivía la prima.

Uno fuera de lo característico le deja de dar tantas vueltas, porque en verdad, con una jevita que tiene ojos que chuzan el mundo y un cuerpecito más apretado que la Fe, es preferible no preguntarse mucho. Y cabello liso de hilo que cae más debajo de los hoyuelos de una colita síntoma de aeróbicos. Y la sonrisa que deberían poder sonreír los gatos con ratones entre las garras. Y las manos a medio camino entre la cerámica y la canela.

Sinés llevaba dos six-packs de birrita y yo portaba un pack más y mi último G. No pensé que fuese problema porque meses sin un ataque, ni de paranoias ni de sombras que se deslizan en las esquinas de las miradas, me habían ayudado a volver a agarrarle confianza a la grama.

Tenía la guardia baja es lo que digo, por el largo silencio de voces antiguas que ya no me perseguían a lo marejadas resacadas. Lo tomé como un cese al fuego, por lo tonto y pendejo que es uno sobre todas las cosas.

Era tarde y media cuando la Vivi bajó a abrirnos después de varios timbrazos. Llevaba un vestido ligero y veranesco y se le notaban los tirantes del bikini. Nos preguntó que por qué no llevábamos traje de baño. Sinés dijo que ese día no estaba para meterse a la piscina y yo dije que ni idea tenía de que piscina iba a ver, haber, una de ésas.

—Te tenemos que colar directo pa'la piscina, porque a mi viejo no le gusta que traiga tipos al apartamento.

Así me dijo más coquetosa que nada Vivi, afincando el tipos, contoneándose con gracia cercana a la divina, bamboleando al mismo ritmo lo liso de su cabello y lo apretadito de la cadera.

La tarde estaba más manchada que clara, y estaba fresco allí arriba y hacia la izquierda, tan lejos de lo cóncavo del valle. Rodeando el edificio se veía la caída de la montaña y todos los edificios del centro allá lejos y los ranchos y barrios del otro extremo allá más lejos todavía. Esta ciudad siempre fue como las mujeres malas, de lejos, y al principio uno no se da cuenta nunca, lo de mala ¿Se-me-entiende?

La piscina era medio de ancho de una olímpica e igual de larga, llana por todas partes, pero nunca era más honda que uno de puntillas y eso que uno ni alto era. Así de bajita era, entonces, imagínense, Vivi, que tenía que patear para dejar la cabeza en la superficie.

Retomando: cielo de tarde manchado e inusuales vientos no tibios nos quitaron las ganas de meternos al agua. Lo que hicimos al principio fue sentarnos en una mesa a escuchar música y bajar lata tras lata y hablar pendejadas.

Fue ahí que me contaron de la lapa, la-lapa-lapita. Que vive en la colina que abraza la piscina, entre los árboles muertos, que sólo se le ve de noche y que nadie la ve porque apagan todas las luces, menos las del interior del agua. Que es un fantasma de una lapa muerta, dice la Vivi y nos reímos. Se ríe Sinés y dice que para desaparecerla devuelta en la tumba hay que cantar: «Lapa, Lapa, Lapa Lapita, quédate en tu Cuevita que por allí viene el Hombre con su arma Cargadita, Lapa, Lapa, Lapa Lapita quédate en tu cuevita que por allí, viene el Hombre con su arma cargadita».

Y hace tan mal del Tío que nos reímos otra vez.

Y yo hago tan mal del Tío que no me acuerdo bien de la letra de la canción, pero de todas maneras ni moverme puedo, muchos menos recitar, cantar, orar, o lo que fuese.

Otra vez están los pasos, media docena o más si no me equivoco, y sé que no son personas de verdad porque aunque hablan algo medio parecido a lo que hablamos nosotros no es. No es, no son. Además, mudan de voces más rápido que las culebras, y sus alientos siempre tienen peso en vez de olor. Nunca son tantos, pero esta noche, tiene que razonar uno (uno-en-este-caso-yo), se han venido todos a la vez porque es la última noche.

De repente, se silencian, uno por uno, diminuendo del horror nocturno. Pero no es que viene la lapa, porque no le escucho el silbido: *Qui qui qui qui*.

De repente, algo nuevo, que no ha pasado nunca, ni siquiera la vez que me hundieron en la melaza que hace al universo. Puntillas de aire, ni frías ni nada, pero ahí, desde la planta de mis pies envueltos en medias, lo siento subiendo lento-lento, como barra de loading. Ahí va subiendo, un globo llenándose bien lento de arena o estática.

Uno que no se puede mover, ni gritar de pavor, ni llorar, uno que no puede hacer nada sino pensar, reconstruirse en la memoria reciente, recordarse quien es, pelear sin pelear.

Aquí fue. Estoy claro. Cuando esa estática que se sabe que no es frío porque el frío así no se siente, cuando suba lento y pase las piernas, la cintura, el corazón y la garganta y llene la coronilla: hasta ahí llegué.

Aquí fue.

Chaolín, Danielito.

Cuando nos terminamos las birras, alebrestados, contentosos, rojitos, y el sol ya empezaba a caer fuera de vista, y el cielo a medio nublar, a pintarse del ocaso que sólo existe en este valle. Fue ahí cuando, bien sabiendo la Vivi y Sinés que nadie nos iba a poder ver, que nos lanzamos en la piscina. Yo me metí en bóxer.

No se encendían todavía las luces de adentro del agua así que bajo la superficie no les veía la desnudez. Entre la tarde fresca y el día sin casi sol el agua estaba tan fresca que mordisqueaba. Cero peo, porque Vivi y yo en una esquina nos mantuvimos bien calentitos, tibios en el peor de los casos.

La Vivi me rodeó con una pierna y me apretó contra ella y le tanteé los pezones, chiquititos y endurecidos por los besos del agua y los míos.

Yo me quedé en el agua más tiempo, flotando, mientras ellas se salían y secaban y cambiaban. Se quejaron de que ya sin sol no se podía. La noche llegó de golpe, sucumbiendo con su peso sólo alrededor de las luces y sus polillas. A mí el frío nunca me dolió, no sino hasta después, después de esta noche, esta madrugada.

Sinés insistió en cambiarse-secarse de espaldas a la piscina y diciéndome que no voltease, que no fuese pasado. Como vio que no lo hacía se metió en los cambiadores. Vivi se secó lento, sonriéndome, dejándome ver de todo. Se volvió a cubrir en su vestidito de verano.

Esa arena de nada, de aire, estática corriéndome entre hueso-piel-musculo-nervio, está empezando a moverse rápido. Si me pudiese mover, y alcanzar mi teléfono, mandarle un mensaje más a las jevas éstas que dijeron que no me iban a dejar morir. Vivi, saca culo, no en el buen sentido. Si pudiese por lo menos alcanzar mis cigarros, para así medio llenarme los pulmones de algo que no sea este pánico callado de estar perdiéndome. Yo sólo quiero abrir los ojos y volver a estar cómodo en la oscuridad, bajo estrellas asomadas sobre nubes flojas.

La lapa vuelve, esta vez más cerca que nunca, justo en mi

oído, y creo que esta vez el *Qui qui qui qui* es de aliento, de que no ceda a esa Nada que ya me llega a la panza, acelerando. Pero perdón lapa-lapita, que los bichos oscuros son más y aunque menos cercanos son más ruidosos.

Sinés se dio la tarea de subir al apartamento, después de que nos fumamos un porro.

—Para buscar calmantes del munchis.

Estando solos, Vivi y yo no tardamos en caernos encima. Más específicamente, ella se sentó, vestido de verano y nada debajo, sobre mí. Comiéndole la boca hice a mis dedos serpentear bajo su falda. Comiéndome la boca los suyos arañaron mi cuello. Gemía su aire dentro de mi garganta. Mordisqueaba su labio inferior, colorado de fresa a pesar del agua.

En retrospectiva uno ha de tener que estar pila de movernos antes de que llegase Sinés, uno siendo yo, digo. Pero es que la calentura honesta y verdadera es un laberinto, un caleidoscopio bien rico en el que es fácil perderse del mundo. Qué bolas la cara de Sinés, en verdad, en retrospectiva: de risa. Pero Vivi cagada de la risa porque conociéndola, acostumbrada a la situación debe estar.

Yo me chupé los dedos y ellas en unísono soltaron un «¡Guácala, hermano!», pero en estas comedias siempre sale mejor ser el juglar cochino que el incómodo catatónico.

Fue mi propia agrandaduría, Hybris como decía un profe mío, la que me dejó en ésta mi última madrugada. Maldita noche de desafortunado, maldito huevón crédulo e insatisfecho.

Vivi y Sinés obviamente cansadas porque es difícil seguirme el ritmo con la acabadera, me dijeron que me ofrecían un taxi. Pero yo con el que me quería quedar, que me quería quedar porque no me quería regresar a la casa.

La verdad es que no quería, quería estar ahí, en esa piscina y en esa noche fresca todo lo que pudiera.

Poco convencidas me dijeron que bueno, que me buscaban temprano por si las moscas. Les dije que las llamaba para que bajasen, para que tampoco me dejaran muy muerto. Le guiñé un poco sutil a la Vivi, queriendo terminar lo que empezamos.

Maldita sea morirse con calentura insatisfecha.

Ya esa arena de nada al nivel de mis ojos, como alguien que medio se deja hundir bajo la superficie tensa de esa misma piscina fría.

La lapa se me acostó en la espalda hace un ratito. La siento dejar de respirar.

¿Cuánto faltará para que salga el sol? Yo sé que no importa cuanta luz haya, este frío helado que no me deja mover no se va a ir. Aun así, quiero algo de luz. Yo sé que perdí, que no es la falta de cordura lo que me va a quedar, lo que va a quedar de mí.

¿Habrán visto Vivi o Sinés los mensajes que alcancé a mandarles? ¿Los verán cuando despierten? ¿Se asustarán de la lapa encima de mí, acurrucada, antes de asustarse más cuando se den cuenta de que los dos nos estamos haciendo la compañía de los muertos?

No más voces.

Todo calladito.

Silencio.

Aquí fue, pues.

Chaolín, Danielito.

El telón púrpura

Hugo Corona
México

El telón púrpura

Para mi madre, Silvia. Gracias por atizar esta pasión, por enseñarme, por soportar mis historias.

I

Los relojes de Mississippi marcaban la medianoche de uno de los primeros días de octubre. Las sendas vagas del campo se extendían en todas direcciones. Las nubes de polvo se enarbolaban a través del terreno, mientras el sutil candil de la luna esclarecía la imagen del páramo bajo sus botas.

Desde el centro del cruce entre la 49 y la 61 de Clarksdale, los senderos de las autopistas parecían inagotables, rematados sólo por la bruma del horizonte. Jim esperaba curioso, absorto en la vastedad de los caminos que se fundían en el núcleo de una ciudad entre los arenales. Un silencio sepulcral dominaba las calzadas, la soledad palpitaba entre el ruido de las hojas, el lugar le suponía una fiesta en el desierto.

La fachada del club «Orfeo» ya era senil, sus ventanas se agrisaban por el humo del tabaco, y los carteles opacos de las presentaciones se iban desplomando con el paso de los años; por su parte, la barandilla de los balcones estaba semi oxidada y mostraba un color rojizo. El letrero de neón sobre el pórtico estaba encendido e indicaba que el «Orfeo» se encontraba abierto esa noche. Jimmy se detuvo en frente para contemplar el acceso y de un momento a otro se sintió diminuto.

Un grupo de mujeres en vestidos ampones, la mayoría de la mano de algún caballero vestido de traje —si no suntuoso, por lo menos bien presentable—, cruzó el portal mientras él seguía petrificado entre la pequeña multitud que se abría paso. La boca de Jim estaba seca y sus nervios palpitaban dentro de su pecho. Una parte de él, una muy grande, poderosa y entusiasta quería entrar, pero delante de esa parte estaba otra, más callada, recelosa e insegura, que se negaba a cruzar la puerta. Ambas partes estaban en plena disputa. El apetito por tocar su guitarra contra su miedo feroz. Sin embargo, esa noche Jim se decidió a vencer su cobardía.

Caminó sobre las duelas del piso y entró al club. Se aferró a una idea, a que su vida no se detendría si fallaba en la presentación. Porque aun si Jim terminase derrotado aquella noche, tendría su música y su guitarra; por supuesto tendría el blues, la derrota misma hubiese sido su canción. Antes ya había aprendido a lidiar con el rechazo y la tristeza. Algunas personas le preguntaban por qué le gustaba tocar y él normalmente se les quedaba mirando, como atónito alzaba la cabeza para verlos unos segundos y después volvía a su guitarra. Luego alguien más llegaba y le preguntaba: ¿Qué es el blues? Y de nuevo Jim no les decía nada. Él pensaba: ¿cómo podían preguntárselo, como podían no saberlo? Cuando no tienes dinero tienes un blues, cuando estás en la calle o te falta algo que ponerte encima en una noche fría, ahí tienes un blues, y el deseo por tocar era algo que Jim exhalaba. Pensaba que de alguna forma estaba condenado a la música, a transmitir su miseria a través de las cuerdas. Sentado y tocando se decía: ¿en qué momento se jodió todo? El mundo estaba jodido, y de eso se trataba todo, de Jim y su guitarra contra el mundo.

2

El lugar era húmedo, decrepito y con un ambiente estupendo; perfecto para un aspirante a músico. Detrás de bambalinas, uno por uno, avanzaban los candidatos, esperando obtener una oportunidad para actuar en el famoso «Orfeo», el club de blues más representativo de todo el condado. Que el joven acuestas del escenario hubiera recibido una invitación para acudir esa noche y participar en la audición, era un hecho tan único como hallar una pupila morada en todo el sureste de Norteamérica. Se había convencido de que la sola experiencia habría de cambiar el rumbo de su vida. Dejaría de ser el pequeño Jim, el séptimo hijo de una familia de doce, culpable de sobrellevar los enfrentamientos con su padre por su afán desbocado de aprender la devoción por el piano, la armónica y claro, la guitarra; de escuchar a Ella Fitzgerald, Howlin Wolf y Muddy Waters por las tardes, cuando paseaba por la casa junto a sus hermanos; donde la unción del Rhythm & Blues producía un evidente descontento por los integrantes. Veían en el guitarrista, de apenas diecinueve años, una completa apatía de participar en los trabajos que habían traído alimento a la casa cuando las oportunidades para un hombre afroamericano eran menores y los retos mucho más grandes. Ni la escuela o la iglesia influían en sus actividades. Para ese joven no había más religión que un grito de rimas inglesas en una balada envuelta en seis cuerdas; y era eso lo que estaba a centímetros de probar frente a la concurrencia con olor a whisky de aquel club. Ya lo había dispuesto: iba a encender su guitarra.

Una mujer con un vestido que llegaba hasta sus rodillas y un peinado que desviaba la vista de su semblante le indicó que se aproximaba su turno. Jimmy se levantó del piso en el que permanecía desde hacía un par de horas, pasó las manos sobre el único pantalón sin agujeros que tenía y le quitó algo de polvo. Se miró frente a un espejo que lucía un espacio vacío en una de sus esquinas, además observó la pista de un golpe que casi lo había quebrado dejándolo como un montón de piezas unidas sólo por su marco. Se quitó el sombrero que le había robado a su padre y usó un pañuelo para secar el sudor de su calva. De nuevo escuchó la voz de la mujer de hace unos instantes.

—Ya tienes que salir al escenario —dijo posándose de uno de los lados que no quedaban expuestos del telón color púrpura.

—Ya voy —contestó Jim en un tono muy hermético.

Apenas tuvo que dar unos cuantos pasos para llegar al banco que le aguardaba en medio del entablado, colocó ambas botas sobre los soportes del asiento; en la pierna derecha acomodó su guitara mientras pasaba la correa de la misma por su hombro. Entonces sus manos tomaron el instrumento mientras él se remojó los labios. Había un hombre vestido con un traje malva que casi hacia juego con el color del telón posterior. Su mirada era firme, en sus ojos se podía suponer cierto entusiasmo por el guitarrista. El chico lo reconoció inmediatamente, sentado en el regazo de un sillón carmesí muy brillante. Era el dueño del club. Su decisión era incuestionable, la audición era suya y tenía todo el poder para decidir quién actuaría en el «Orfeo» una vez por semana para comenzar. Lo que Jimmy necesitaba era sorprenderlo, sorprenderlo hasta el punto en que lanzara su bombín a través de las mesas y derramara el licor en el mantel.

Tenía en mente que la moneda caería solamente una vez a su favor, así que tendría que sacarle provecho. Miró una vez más al público y comenzó a tocar.

Una dama corpulenta en un vestido ancho se abría paso por los espacios entre los manteles, un anciano encendía un habano con un antiguo pedernal que llevaba en el bolsillo, y un hombre deslizaba la mano por debajo de la falda de una de las empleadas, haciéndolo con lentitud sin dejar de lado la el deseo por exponer su liguero. El «Orfeo» era el mejor lugar en el que un caballero, con una mal habida fortuna podía gastar su dinero: peleas, apuestas, cigarrillos, prostitutas y la mejor música afroamericana de todo Mississippi lo hacían famoso. Pero ahora requería de nuevas piezas para su repertorio. El indecoroso Frank, quien era el guitarrista de la banda y la estrella de cada noche, había sido apuñalado en una riña con el marido de una de sus muchas amantes. A Clarence, el dueño del club, no le agradó la noticia. Además de un imán de ingresos Frank era un amigo, así que hizo lo que haría cualquier hombre para recuperar el decoro de una persona estimada, quien era el mejor bluesman en toda la ciudad: buscar al hombre que lo había agredido.

Una semana después el departamento de policía de Clarksdale recibió una llamada anónima. Una voz le proporcionó una dirección, con indicaciones precisas, a un joven patrullero. Los oficiales hallaron un cuerpo. Sus particularidades y señas (las que aún se podían distinguir en lo que quedaba del hombre) hicieron que lo asociasen con una desaparición de la que habían recibido notificación unos días antes. Lo hallaron amarrado a una mesa circular, desnudo y con varios agujeros en el cuerpo. Éstos se los habían hecho con un sacacorchos. Ninguna autoridad hizo nada, le dieron parte a su ahora viuda y adjudicaron el ataque a la mafia. En el lugar de la escena del crimen, algunos policías bromeaban sobre la víctima. La mofa se convirtió en una enorme carcajada y un superior los calló de un grito. En el fondo todo quien se hubiera enterado del suceso (incluida la viuda, quien había tenido un *affair* agitado de tres noches con el indecoroso Frank) coincidían en algo: la víctima había sido muy estúpida. El haber querido retribución por el desliz de su mujer le costó la vida de la peor forma posible. Para todo el pueblo, e incluso la policía, meterse en líos con personal del «Orfeo» era muy arriesgado, e involucrarse con Clarence suponía peligros.

Se sabía bien la clase de tretas que se realizaban en el club organizado por Clarence, y la pequeña mafia que representaba era todo menos desconocida dentro de la ciudad. Los negocios y ocupaciones ilegales en el «Orfeo» eran celebres y daban soporte económico al condado. Para la mayoría de los lugareños estaba bien y para apoderados políticos era parte de su agenda no oficial. Clarence sabía solventar su negocio con la sutileza adecuada. Fuera de la ciudad, su pequeña sociedad perversa era sólo conocida por la música, y en el fondo, la música era lo que más le importaba a Clarence; el alcohol, las drogas y prostitutas componían la gama de suvenires que ofrecía el sitio. Pocas veces se veía a Clarence en actividades rutinarias, era muy conocido pero indescriptible para la mayoría de personas que no hubiesen puesto un pie dentro del club. Pese a que todo a su alrededor demostraba una personalidad extravagante y pintoresca, su vida privada resultaba profundamente reservada. En general se sabía muy poco sobre el dueño del club.

3

Según los más ancianos, las historias de crímenes en la propiedad eran más antiguas que el club mismo. A medio siglo un empresario y su esposa llegaron a Clarksdale desde Escocia como fabricantes de lejía, y comenzaron la construcción de la casa. Una generación después, el heredero de este matrimonio desposó a una muchacha de las localidades. Sin saberse muchos detalles al respecto, la muchacha fue tachada como bruja por el dictamen público. El declive de la familia daría inicio aquí, y su culminación sería la clausura de la fábrica por evasiones fiscales. El conjunto de bienes de los que disponía el matrimonio fue requerido para pagar las cuentas, y la casa se convirtió en el último de sus dominios como familia acaudalada. Ante las circunstancias, la pareja comenzó con un nuevo negocio. La mujer efectuaba sesiones en las que sus clientes podían establecer contacto con los muertos. Precedida por su fama como presunta bruja, su nombre y actividades se hicieron famosos. Durante las reuniones se materializaban figuras humanas y de animales, y según las declaraciones posteriores de los asiduos a sus servicios, algunas de las formas que se mostraban ni siquiera eran reconocibles. Sin embargo, un día una congregación de uniformados entró a la casa y arrestó a la pareja por fraude. Finalmente fueron procesados, pero no por fraudulentos sino por asesinos múltiples.

Durante la inspección, la policía encontró pruebas de homicidio, hipotéticamente parte de ritos ejecutados dentro de los trabajos del lugar. Los clientes de la casa nunca fueron acusados formalmente y alegaron no saber nada de los crímenes. Explicaron la operación de las reuniones y los hechos que en ellas se daban, pero dijeron desconocer algún asesinato. La policía concluyó que la pareja actuaba a espaldas de quienes contrataban sus asistencias. Las víctimas eran jovencitas de menos de treinta años, entre las que figuraban trabajadoras de la familia, desaparecidas con reportes ante la policía y muchachas inidentificadas. No se tuvo conocimiento del destino de aquel matrimonio y estos acontecimientos permanecieron por algún tiempo en la conciencia latente del pueblo y en las vulgares notas bulliciosas de la prensa.

Años después, una silueta enigmática irrumpe en la ciudad y atraviesa las veredas de Clarksdale cargando un par de maletas. Se detiene en una de las calles más anchas y deja caer las pesadas valijas sobre el suelo. Una ligera nube de polvo anega el camino. Un estuche largo de color púrpura se abre dejando entrever un pesado saxofón alto. Clarence humedece sus labios para tomar la boquilla y desliza sus dedos sobre las llaves del instrumento. Improvisa melodías y amontona estructuras. De pronto, una armonía compleja envuelve a Clarence y atrae a los curiosos. Al terminar el recital la estrella repara en su audiencia. Un chiquillo del grupo da un paso hacia Clarence y un poco cohibido le hace una pregunta:

—¿Quién te enseñó a tocar así?

Clarence dobla su espada para acercarse al niño y entre una sonrisa ligera y un montón de sudor contesta:

—Me ha enseñado Charlie Parker.

—Oh, debe ser bueno el señor Parker.

—Es el mejor —le confiesa Clarence.

Las personas le dejan monedas sobre el estuche, la mayoría parece contenta con la interpretación, otros hacen muecas mientras se apartan y algunos se aproximan aún más en un pequeño círculo alrededor del sax.

Un hombre obeso sale entre la muchedumbre y sonríe confiadamente.

Se detiene en medio de la multitud. Levanta su sombrero con un gesto y pone su otra mano sobre su cadera. Igual que todo el mundo está sorprendido.

—¿Cuál es tu nombre? —Le pregunta.

—Mi nombre es Clarence.

—¿Sólo Clarence?

—El resto no importa.

Asiente con una sonrisa. Entre elogios y murmullos, la audiencia le pide que repita su acto. El hombre obeso le ofrece su mano.

—Yo me llamo Louis, soy dueño de un bar de por aquí —Clarence acepta el saludo—; usted toca increíble, ¿ha pensado en presentarse en un lugar fijo?

—Por supuesto, vine aquí por eso...

Lo interrumpe Louis:

—Entonces mi bar es lo que usted necesita, un buen ambiente, una buena banda —e encoge un poco mientras estira su brazo y señala un sendero sobre los rostros de los presentes—. Está por allá, y podría venir conmigo ahora mismo, naturalmente tendría que hacer audición con el encargado de mi banda, pero no dudo que se sorprenderá cuando lo escuche tocar.

Clarence oye mientras recupera su aliento, ve el rostro del hombre pero el sol le impide fijarse mucho en él. Louis es más grande y su presencia más enérgica. Sus palabras tienen cierto poder de persuasión. Clarence se ha enfrentado antes a hombres mejores en la sugestión que Louis, y su reacción ante él resulta de lo más natural.

—Le agradezco, señor, pero la verdad ya tengo mi lugar —Louis levanta el labio inferior y alza la ceja—. Es un lugar propio, y está aquí.

Louis parece incrédulo. Corrige su posición, esta vez tiene ambas manos en la cadera:

—¿Se puede saber qué lugar es ése?

Clarence saca un papel de la bolsa de su camisa y lo lee.

—Es la casa en el cruce entre la 49 y la 61.

El gentío se pasma ante la respuesta de Clarence. Louis permanece callado unos segundos hasta que reúne ánimos para decir algo:

—Es imposible. Esa casa ha estado deshabitada desde hace años. La mayoría ni recuerda cuales fueron sus últimos dueños —la verdad es que, pese a que un puñado conocieron a los dueños originales, todos se sabían las historias sobre la vieja casona—. Ese lugar no le pertenece a alguien.

—Me pertenece a mí —afirma Clarence.

—Eso tendrías que probarlo, es un lugar muy grande, antiguo y descuidado. Pero supongo que con algunos arreglos alguien podría sacarle provecho —el obeso se detiene, cruza los brazos y da un paso hacia Clarence—. Sabes, ésta es una comunidad pequeña, no queremos extraños dentro, es por nuestra seguridad.

Clarence nota algunas miradas tensas entre la concurrencia, muchos hombres cierran el círculo a su alrededor mientras las mujeres y niños se apartan.

—Prueba que es tuyo —dice una voz entre la aglomeración. Clarence sostiene su sax un poco atemorizado mientras se agacha para recoger las monedas de su estuche—. Tranquilos todos, tengo como probarlo —mete una mano en el bolso de su chaqueta en el suelo y saca unas hojas de papel, se pone en pie y sostiene la cara de una de las páginas sobre el rostro del obeso—. Son los papeles que me acreditan como dueño de la casa —la mayoría recibe la prueba de Clarence con un gesto de sospecha.

El músico acaba de reunir sus objetos y camina por la vereda entre los ojos de las ventanas y los hombres escépticos. El frente de la casona del cruce de caminos surge como una aparición bajo el ocaso. Abismado, Clarence sube los escalones ajados del pórtico y encuentra una llave en el bolso de su pantalón. Introduce el pequeño objeto en la cerradura y una sensación glacial lo absorbe al entrar al vestíbulo. Una alfombra de polvo cubre las molduras de la casa, los tablones de las ventanas impiden el ingreso de luz. Clarence carga sus cosas y piensa en lo que logrará. Antes de que el invierno de ese año acabe, llenará la casa de música. De vuelta saca su sax y empieza a interpretar una vieja canción, oscura y melancólica.

Unos viejos escuchan la melodía del sax desde la calle.

—Toca bien, ¿no crees? —le dice uno al otro.

—Lo sé, pero desconfió de todo esto —los ojos del anciano se posan sobre su amigo mientras caminan.

—¿Desconfías de ese tipo? —le pregunta.

—No tanto de él, sino de esa casa, ya sabes como son las cosas —hace una pausa para voltear a ver el edificio en la esquina del cruce—, parece que ese lugar atrae situaciones perversas, creo que cuando cosas malas suceden en ciertos lugares, no se van por mucho tiempo. Y cuando pienso en todo lo que sucedió en esa casa me da escalofrío.

—Eso es porque eres un viejo supersticioso.

Sonríe y baja la mirada, los ojos de ambos se cruzan.

—Lo que digo es que esa clase de lugares acaban por atraer cosas más inquietantes. Como un alcohólico que echan de un bar y busca otro.

El anciano sigue su camino mientras su amigo se detiene. El sol se disipa para dar paso a la noche, las tablas de la casa contienen los acordes afligidos de un pequeño concierto.

4

Las noches en Clarksdale dejaron de ser silenciosas. Para la primavera del año siguiente, el «Orfeo» abrió sus puertas con la banda recién formada por Clarence como acto principal. Pronto los colectivos de ebrios fueron creciendo noche con noche en el club. El malhumor de las mujeres y los más tradicionalistas fue claro. Durante las misas en la iglesia solían sermonear sobre las nuevas actividades de los caballeros en el lugar de la 49 y la 61.

Un día el pastor encabezó una horda de fieles para quemar el pozo de seducción inmoral que había traído Clarence al pueblo. El padre iba invocando las buenas costumbres mientras avanzaba con su muchedumbre atizada. El discurso del cura se hizo más fuerte al llegar al «Orfeo» y la lumbre de sus antorchas estuvo a punto de hacer arder el edificio, pero una multitud de borrachos salieron del club para defender la conservación de sus depravaciones. La manifestación de creyentes fue apaleada por una turba con aroma a licor. El «Orfeo» se ganó su sitio en Clarksdale al paso del tiempo, y con las exigencias de los clientes llegaron las nuevas atracciones, la mayoría ilegales. La popularidad desmedida del sitio entre las propias autoridades del condado propició sus privilegios sobre los códigos penales e hicieron de Clarence un capo amateur de la pequeña mafia en Clarksdale.

Matones, policías, jueces, ladrones, gánsters y, por supuesto, músicos, convirtieron al «Orfeo» en el sitio de reunión preferido de cada viernes, cuando Clarence hacia aparición en el escenario junto a sus músicos. La verdad, la banda de Clarence era sólo un grupo de aficionados al blues que recogió de alguna carretera; pero eran extrañamente buenos. El propio Clarence había limpiado mesas y trabajado en cocinas de todo Mississippi antes de llegar a Clarksdale. Nadie explicaba su ascenso a empresario y jefe del hampa, pero ninguno se atrevía a preguntarle; pese a su habilidad de dominar la atmósfera del club con su sax, su actitud seguía siendo reservada.

Lo más cercano que Clarence tuvo a un amigo en Clarksdale fue Frank, su guitarrista; aun cuando los pleitos asiduos y aventuras de Frank le traían algún problema una vez por semana a Clarence, el lazo entre ambos parecía irrompible. Por eso su muerte alteró a Clarence más que ningún otro suceso. Al morir, Frank se llevó con él muchos de los secretos de Clarence, incluyendo el secreto de como había adquirido el «Orfeo».

Una noche después de cerrar, Frankie se animó a abordar a su jefe. Llevaba mucho tiempo queriéndole hacer una pregunta y se debía a que Clarence tenía una costumbre algo extraña. Cada noche, al abrir el club, le pedía a alguno de los empleados que llevara una copa a una mesa al fondo del salón, mesa que además siempre permanecía reservada. Al cerrar, Clarence recogía la copa vacía del mantel.

—¿Por qué lo haces? —Le objetó Frank.

Clarence permaneció mudo unos instantes, evaluando si responder la pregunta de Frank.

—Sé sincero —le pidió el guitarrista antes de dejarlo hablar.

Clarence invitó a su amigo a tomar una silla mientras los empleados acababan de recoger el lugar. Se sentaron en una mesita cerca del escenario.

—Antes de llegar al pueblo, yo no era nadie, ni siquiera buen músico —comenzó Clarence—, tocaba el sax y eso era todo. Iba de banda en banda o me mantenía de salarios miserables. Una noche tuve una discusión con un locatario de un restaurante y sus trabajadores me golpearon, me subieron a un auto y me soltaron en el camino; justamente sobre un cruce.

Frank prestaba enorme interés al relato, dado que Clarence no solía confesar fragmentos de su vida con facilidad.

—Esa noche —encendió un cigarro para continuar—, me paré con dificultades de la carretera. Habían arrojado mi estuche conmigo y de nuevo éramos mi sax y yo. Pero no estábamos solos en ese cruce; esa noche conocí a alguien. Había un gran árbol sobre el campo que hacía esquina con la intersección y ahí estaba debajo, como esperándome —hizo una pausa para lanzar una enorme bocanada—. Probablemente estaba esperándome. Se me acercó y me preguntó si estaba bien, yo le dije que sí. Entonces me preguntó si estaba ebrio y yo le contesté que un poco. Era un hombre extraño, muy alto, rubio, con un mentón enorme, como Marlon Brando, pero más delgado; tenía los ojos azules y la voz ronca; te lo digo, parecía actor, supongo que debía ser atractivo. Me preguntó si tocaba algún instrumento y como anonadado le enseñé mi saxofón. Luego me dijo si tenía algún problema y si él podía ayudarme; me acababan de aventar de un coche en movimiento así que dije que sí, que tenía un problema con mi vida y luego el rió, pero como Paul Newman en sus películas, ya sabes. Me dijo que él podría ayudarme pero que iba a depender de mí. Entonces yo le pregunté quién era. ¿Supones que me dijo, Frank?

—La verdad es que creo que no, Clarence.

—Me dijo que era el diablo.

La cara de Frank palideció.

—Creo que el diablo no tiene tiempo para aparecérsele a borrachos.

—Quizás, pero él dijo eso y por supuesto yo no le creí. ¿Quién le hubiera creído? Y empezó a decirme mi nombre y el nombre de mi madre, mi edad, qué canciones había tocado esa noche y de qué whisky había bebido. Parecía mago de feria. Me pidió mi sax y tocó una canción, dijo que lo había afinado. Después sería mi turno. ¿Sabes? Yo nunca había sido buen músico, nada extraordinario. Pero esa noche el saxofón sonó con la melodía más bella, y desde entonces suena igual.

—¿Me vas a decir ahora que le vendiste tu alma?

—Pude hacerlo, pero él no quería eso, lo que él buscaba era algo más. Me dio unas escrituras que sacó de su bolso y me dijo hacia dónde dirigirme. Así llegue a Clarksdale. Me dijo que iba a hacer una inversión en bienes raíces y que yo sería su representante; me dijo que abriera un club para tocar y que vendría cada noche a revisar el talento; que le apartara una mesa y una copa todos los días —Clarence apagó el cigarro y lo dejo en un viejo cenicero—. Así que ya sabes quién se sienta en esa mesa cada noche.

—Creo que era un borracho, como tú, que perdió las escrituras de una hermosa casa por jugarte una broma —Frank tomó un instante para medir sus palabras, conocía profundamente a Clarence, y aunque no notaba trazos de engaños en su rostro, no podía creer lo que le estaba diciendo—. ¿Entonces, quieres decir que el diablo viene cada noche al club?

—Y se sienta en la mesa pequeña del fondo, ve la función y bebe su trago, así ha sido desde que abrimos, y sin una excepción, la copa aparece vacía al final de la noche.

—¿Estás bromeando conmigo, cierto, Clarence?

El dueño del club humedeció sus labios y bajó la mirada. Con los años, desde que llegó a Clarksdale había cambiado su apariencia, llevaba algunos anillos en los dedos y jugaba con ellos mientras hablaba con Frank.

—Quizás —dijo finalmente—, tal vez ese día de verdad estaba muy ebrio y tuve mucha suerte, quizás gané esta casa en una apuesta, robé las escrituras o en verdad tengo mucha imaginación; pero no puedes estar seguro, y nunca he contado esto, por supuesto tú tampoco vas a decir nunca algo de ello porque entonces tú serias el loco, ¿o no Frankie?

—Creo que sí, Clarence, y también creo que tú nunca me dirás la verdad.

—Eso es porque me conoces bien, Frank.

Clarence se despidió con un gesto y dejó el asiento. Caminó por un estrecho pasillo que dividía el salón para acercarse a una de las mesas. Levantó el vaso de la tabla y lo puso de cabeza. Estaba vacío. Entonces miró a Frank, al otro lado de la sala y sonrió confianzudamente, como si hubiera demostrado la autenticidad de su historia. Clarence tomó su sombrero del perchero en el vestíbulo y subió una achacosa escalera, decrepita y estridente, mientras el personal del «Orfeo» recogía las cenizas de otra noche en el club.

5

Frank trabajó en el «Orfeo» siete años hasta que fue asesinado, y su muerte trajo una nueva época para el lugar. Pese a que su aflicción era fácilmente reconocible, todos los ánimos de Clarence estaban en realizar audiciones y encontrar un nuevo guitarrista. El talento de Frank era difícilmente equiparable, pero valía la pena intentar tropezar con quien pudiera ocupar su sitio en la banda. Había escuchado de un muchacho anormalmente bueno que se presentaba de bar en bar. Por supuesto, Clarence consiguió hacerle llegar una invitación para escucharlo tocar. El día que Jimmy recibió el aviso a la mitad de una función en una taberna, tocó hasta muy tarde y festejó la noticia con la concurrencia.

El público del club era de la misma clase que el de todas las noches: vulgar e indecente. Un grupo de aspirantes llegó a su cita con Clarence y pasó por el escenario delante del telón púrpura. A su manera, la mayoría eran buenos, pero Jimmy en verdad era magnífico. Jim tocaba el blues como debía tocarse: con franqueza; demostraba naturalidad, como si hubiera nacido con su guitarra, el blues en sus manos era una fuerza primitiva y Jim parecía dominarlo. Clarence tenía mucha dignidad para interpretar, Frank la técnica, pero Jimmy hizo bailar al «Orfeo» hasta sus vetustos cimientos.

Después de una sobrecogedora alabanza del público, Clarence miró hacia la mesa vacía del fondo y asintió con su sombrero. Dejó su asiento y fue tras bambalinas. Al llegar, un empleado lo recibió y Clarence le pidió que llamara a Jim. De cerca, el guitarrista parecía mucho menos alicatado, más bien desaliñado y su rostro anémico lo sorprendió. Le recordó un poco a cuando había llegado a Clarksdale.

—Debes esperar a que cierre el lugar y entonces hablaremos de tu futuro, muchacho —pidió Clarence.

Jim consintió su solicitud. Después espero sobre el entablado unas horas, hasta que el «Orfeo» cerró sus puertas. Un dependiente del establecimiento se acercó a Jim.

—Ven aquí —le dio indicaciones.

Caminaron juntos por un corredor hasta una salida en el extremo posterior de la casa. Clarence lo esperaba en el patio de la propiedad, sobre una vasta llanura.

—Extraño lugar para una entrevista de trabajo, ¿no crees? —Dijo Clarence.

Jim lo miró nervioso, intentado mantenerse erguido, queriendo ocultar sus inquietudes.

—¿Realmente quieres tocar, ser un músico conocido, y quieres que te aplaudan todas las noches como hoy, Jim?

El muchacho apretó sus manos y respiró hondo.

—Sí, eso quiero.

—Bueno, no hay lugar mejor para eso que éste —el hombre que trajo a Jim cerró la puerta tras él antes de que Clarence continuara—. Jim, tienes que estar consciente que esto requiere un gran sacrificio, no todo es beber y salir con lindas chicas. No es el dinero y ni siquiera el cariño del público. Esto necesita que ofrezcas tu tiempo y tu disposición completa.

—Eso está bien, nada me gusta más que tocar.

—Muy bien. Entonces, ¿quieres firmar el contrato?

Jimmy pareció estupefacto un momento.

—No creí que hubiera un contrato —de vuelta hizo una pausa—, pero, está bien, firmaré para empezar cuanto antes.

—Excelente Jim, estás dentro.

El caballero que los acompañaba tomó al chico del cuello y lo arrojó contra el muro. Era de un porte atemorizante, medía casi dos metros y su fuerza era inmejorable. Jim tartamudeó algunas palabras indescifrables antes de chocar contra los tabiques, luego cayó al suelo y Clarence lo recibió con un puntapié en la barbilla. Entonces Jim empezó a sangrar. El gigante tomó su brazo y lo sujetó a un pequeño gancho que sobresalía de la pared con ayuda de unas esposas. El patio estaba delimitado por una cerca y la maleza a los extremos ocultaba los bordes del suelo. Clarence sacó un galón de gasolina y un pequeño encendedor que se encontraban detrás de un arbusto, y los levantó sobre su hombro.

—¿Ves esto Jim? Es para ti —dijo mientras el joven guitarrista recobraba la postura—. Dime, Jim, ¿qué fue lo que pensaste al entrar al club?

El muchacho parecía lívido con la mandíbula cubierta de sangre

—No lo sé —dijo por mera inercia.

—Pensaste: haré encender mi guitarra. ¿Sabes por qué lo sé? Porque él me lo dijo, porque el te escuchó igual que me escuchó a mí en ese otro cruce de caminos. Pero no es la misma historia, Jim, porque el sacrificio que harás tú el día de hoy será mucho más doloroso.

—Por favor, déjame.

Clarence pateó el hombro de Jim y lo llevó de nuevo contra el muro.

—Yo le entregué a mi mejor amigo al mismísimo diablo. ¿Por qué crees que te salvaría a ti, niño? No lo haré, pero descansa, mañana al despertar serás aún mejor guitarrista y serás tan famoso como tu maldita alma lo valga. Pero no puede haber músico sin su instrumento así que necesitarás el tuyo —Clarence se alejó un poco de Jim—. Dásela —le dio indicaciones al hombre que los acompañaba. El tipo hizo lo propio y lanzó la guitarra—. Tómala, chico —Jim agarró su guitarra y esperó a Clarence con los ojos cerrados.

—Te advierto que no será rápido —dijo el dueño del club antes de bañarlo en gasolina y encender la llama.

Entonces una sensación punzante invadió el cuerpo

de Jimmy. Se calcinó mientras gritaba, pero sus alaridos se extinguieron en la vastedad del cielo de octubre. El pueblo también era parte del «Orfeo» y guardaba silencio ante las escenas más dementes.

Clarence regresó al salón y levantó la copa vacía de cada noche.

—Ahí tienes otro —expuso al hombre rubio sentado al pie de la mesa. Éste ratificó las palabras de Clarence con una desagradable sonrisa.

Clarence no le vendió su alma, pero la sentenció como muy pocos hombres. ¿Qué otra cosa se podía esperar de un inquisidor a órdenes del diablo?

Epílogo

Jim despertó en una habitación amplia, en una cama con sabanas limpias a la mañana siguiente. Una guitarra Gibson estaba colocada en una silla a su costado. Era un obsequio de parte del club. Jim se sintió aturdido, incapaz de recordar nada. Salió de la habitación y bajó al vestíbulo del club. Clarence lo recibió con un estrechón de manos y le contó la increíble celebración de la noche anterior por su llegada al grupo.

Jimmy tocó en el «Orfeo» los siguientes siete años y grabó 3 álbumes. Murió a causa de una mezcla de somníferos y alcohol. Lo reconocen como uno de los mayores bluesman de Norteamérica. El «Orfeo» opera hasta hoy en día. Pese a la sorprendente fama del club, el escrutinio público sabe muy poco del dueño. Clarence permanece en su habitación la mayor parte del tiempo, lamentando haber vivido tanto. El peso de los músicos que pisaron el escenario del telón púrpura somete sus sueños, mientras la copa de la única mesa reservada del sitio aparece vacía cada noche.

Lágrimas

Silverio Contreras
México

Lágrimas
(El hijo del músico)

Mi padre me enseñó, de manera metódica, a llevar un diario de todos los acontecimientos de mi vida. Me dijo que nunca se sabe cuándo puedes tener una buena idea o ser testigo de un acontecimiento importante. Debido a eso, cada uno de los sucesos que han ocurrido desde que tomé consciencia han quedado registrados en él. Podía ver que mi padre sacaba provecho de ese mismo consejo, pues lo veía absorto en nuevas ideas y proyectos casi todo el tiempo, manteniéndose ocupado en diferentes actividades la mayor parte de los días.

Desde que percibí por primera vez rastros de memoria en mi cerebro le recuerdo en su taller, así le llamaba yo a ese lugar cuando pequeño. Era el referente más correcto que tenía para hacer alusión a su estación de trabajo. Conforme tuve más conocimientos y experiencias, pude diferenciar lo que realmente era su taller de su laboratorio, y pude darme cuenta de que destinaba cada lugar para actividades diferentes.

Tengo muchos recuerdos gratos de mi padre; él fue

una de esas personas que pueden llamarse excepcionales, inteligentes en un nivel que puede rayar en lo absurdo para quienes no están acostumbrados a convivir con personas con tales características. Tenía conocimientos de cuantas disciplinas pueda uno nombrar, y no eran sólo datos superficiales, él los entendía, los analizaba y encontraba siempre como hilarlos para poder darles aplicación práctica, ya fuera para reparar el drenaje o para escribir una novela de ciencia ficción con trasfondo filosófico.

Todavía puedo escuchar el resonar de su martillo cuando se dedicaba a forjar herramientas y adornos para nuestro hogar, e ir después —ya llegada la tarde— a su estudio para pintar un sueño que había tenido la noche anterior, o bocetar hoja tras hoja de planos generales sobre máquinas e ideas que su mente escupía y retomarlos luego para refinarlos y concretarlos. Con regularidad, me comentaba la admiración que sentía por grandes hombres del pasado, y que esperaba ser como algunos de ellos; me hablaba de Da Vinci, Durero, Carl Sagan, Isaac Asimov, Shakespeare, Cervantes, Galileo, Platón, y de una lista interminable de nombres de siglos recientes y otros tan atrás que se pierden en el amanecer de la humanidad. Esa lista debe estar guardada en algún lugar de mi memoria. Sin embargo, pese a todos los datos que pude haber encontrado sobre aquellas personas, estoy seguro que mi padre hubiera podido fácilmente igualarlos o superarlos, y se lo hice saber un par de veces. Pero cuando me escuchaba decir tales cosas dejaba lo que estaba haciendo y con paciencia y una sonrisa en su rostro contestaba: «He podido ver lejos gracias a que subí en hombros de gigantes» —una cita de Isaac Newton—, y continuaba, por lo general, con las siguientes palabras: «En esta vida que yo elegí vivir, hijo, el tener grandes conocimientos y habilidades es importante, pero el espíritu humano siempre es insaciable, desea y añora más. No puedes decir qué está mal, porque el juicio de mal y bien es sólo otro reflejo de la necedad del hombre por querer clasificar todo y tener la falsa seguridad de que lo comprende. Sin embargo, ser humilde, a pesar de que no te retribuye beneficios materiales —como dinero, comida o salud—, puede ser una fuente grata de satisfacción; las personas siempre se sienten atraídas por alguien que a pesar de ser consciente de sus habilidades, también es consciente de sus debilidades. Además, finalmente, un humano es en parte su humanidad, y en parte la percepción que otros tienen de él.

Aquella fue la primera vez que escuché la palabra espíritu.

—¿Qué es espíritu, padre? —Le pregunté, y con un gesto de ternura me respondió:

—El espíritu, hijo, es una de las cosas que no podría definirte con certeza, pero puedo decirte de forma aproximada que es el motivo de los seres conscientes, es la fuerza primaria de alguien y lo que le impulsa a actuar de manera determinada. En pocas palabras eso es el espíritu, pero no puedo describírtelo concretamente (porque es algo que aún discutimos muchos con el fin de definirlo). Es algo que se siente y eventualmente lo comprenderás, hijo; sabrás qué es el espíritu.

Ésa fue su respuesta, suficiente para mí, un recién llegado que apenas comenzaba a comprender el mundo.

Mi padre sabía bien que no tenía por qué contenerse con sus palabras, estaba al tanto de que no habría problema de expresarse con completa libertad sin rebajar su lenguaje. Se había dado a la tarea de llenar mi mente con casi todas las palabras de nuestra lengua, para que no hubiera restricción respecto al conocimiento al que yo quisiera acceder, y le agradezco, porque gracias a eso pude evitarme muchas complicaciones a la hora de querer expresarle pensamientos e ideas, y explicarme de manera clara cuando tenía nuevas sensaciones.

Todavía guardo mi primer recuerdo: el tintinear de su martillo y el percutir del metal contra el metal, líneas horizontales que danzaban arriba y abajo, multitudes y multitudes de imágenes azarosas, nada con sentido ni razón, trazos que asemejaban cuerdas tensas modulando su densidad, intermitentes colores cálidos que me hacían sentir en una caída infinita, líneas que se agruparon periódicamente hasta formar aquella imagen clara de mi padre sosteniendo mi rostro entre sus manos mientras pronunciaba sus primeras palabras hacia mí: bienvenido al mundo, hijo. Me gusta traer a mi mente ese recuerdo cada vez que puedo, llena mi pecho de felicidad y más ahora que él ya no está. Recapitular su vida en este discurso que me digo a mí mismo es de alguna forma traerlo de nuevo en ese estado tan vigoroso y feliz que me inspiraba tanta paz.

Mi padre era también un músico privilegiado. Sus manos parecían poder tocar cualquier instrumento que pusiera entre ellas y, de hecho, de entre todas las artes y técnicas que él amaba, la música ocupaba un lugar especial en su corazón. No pasaba un día en que no le escuchara —después de que me entregara mis órganos auditivos, claro— hacer cantar al violín, al piano, la guitarra, la flauta o entregar su garganta al dulce proceso del canto. En algunas ocasiones escuché a los vecinos llamarle «el músico», pues era la faceta que más sobresalía de él ante los ojos públicos. Estos veían sólo la punta del iceberg y eso le agradaba a mi padre. «Siempre hay que guardar un par de sorpresas para la gente», decía a menudo guiñándome el ojo.

En los días más aburridos, cuando mi padre no estaba en casa, yo devoraba las letras de los libros en su biblioteca personal: libros de química, libros de botánica, antropología, arte, todos los trabajos de los filósofos de los que me enseñaba. Todo se hilaba y sentía el conocimiento como un fluido denso dentro de mi cerebro, una sensación de calidez que hacía mi rostro transmutar en el gesto que mi creador reflejaba cuando obtenía un logro nuevo. Ese día mi padre me enseñó que ese sentimiento se llamaba felicidad. Es la descripción más cercana a lo que conozco como felicidad, hijo, y me alegra mucho que puedas sentir eso por primera vez, me explicó sonriente.

Pronto me expresó su deseo de sacarme a pasear, para conocer el mundo fuera de los muros y el tragaluz de nuestra casa. Decidió poner a prueba los nuevos sensores que me colocó en el apéndice al que llamaba nariz y fuimos a un lugar en cuya entrada, en la parte superior de la puerta, se ubicaba un letrero que decía Panadería.

—¿Qué es una panadería padre? —Pregunté.

—Justo eso vas a saber ahora, hijo.

Me cargó en sus brazos y empujó la puerta de marco metálico. El sonido de campanas anunció nuestra entrada, vi varias estructuras dentro de las cuales se encontraban una especie de piedras o almohadas con formas y colores distintos, que la gente miraba con atención y procuraba escoger con cuidado. Luego de entrar, una persona que caminaba rumbo a la puerta se topó con mi padre y le dijo algo así como: ¡qué lindo juguete! Se ve tan real, de lejos hubiera jurado que era un niño, pero de cerca ya se ven sus cables, ¿en dónde lo compró? A mis hijos les encantaría uno como éste.

Él sonrió: «sí..., un juguete... No lo compré lo armé yo

mismo y no tengo planes de armar más por ahora», dijo amablemente y retomó el camino.

—¿Esa persona cree que soy un juguete? —Le pregunté en seguida con ignorancia sincera; a lo que mi padre me respondió, con su característica paciencia:

—La gente interpreta las cosas con base en otras que ya conoce, hijo. Como tú te has dado cuenta, tu cuerpo no es exactamente igual al de los demás, y mientras completo tu formación, la gente con menos conocimientos respecto a otras formas de inteligencia puede interpretar que eres un juguete porque es lo que asocian en primera instancia, pero obviamente no lo eres. Los juguetes son para divertirse, tú no eres para divertir a nadie, tú eres una persona y las personas, comprenderás más adelante, no son juguete ni son útiles para nuestros propósitos, son seres que sienten y deciden tal como tú lo harás poco a poco en tanto complete tu cuerpo.

—Creo comprender —contesté. Pero a pesar de tener todo el conocimiento del lenguaje y sus abstracciones, mi desarrollo cerebral aún era el de un niño, así que dejé de preguntarme más sobre el tema, y quedé conforme como queda el infante que pregunta de dónde vienen los bebés y se da por bien servido con una explicación simplona.

En medio de todo ese nuevo mundo al que ahora conocía como Panadería, haría pronto un nuevo descubrimiento. Mi padre se acercaba a las estructuras y las abría para tomar su contenido.

—Esto se llama pan —me dijo dándome un trozo, animándome a tocarlo.

Era suave, se desprendían de él trozos y se desmoronaba en mis manos.

—Lo he roto padre —le dije.

—No es problema hijo, está hecho para que se rompa, ¿no notas nada diferente? ¿Alguna sensación o información nueva de la que quieras hablarme?

Me concentré en descifrar lo que mi padre me indicaba y lo noté casi de inmediato:

—Siento..., siento un cosquilleo..., no..., es como una caricia, o un picor en mi ¿nariz? Se acentúa cuando estoy cerca del pan. ¿Qué sensación es ésta, padre? —Pregunté.

—Se llama aroma, hijo. Casi todas las cosas que están hechas de alguna materia lo poseen, puede ayudarte a distinguir objetos, sumado a sus propiedades de color, temperatura o resonancia.

—¿Yo tengo un aroma padre? —Pregunté.

Él no esperaba tal pregunta y no lo supo ocultar. Se quedó callado un momento, entonces, en vez de cambiar de tema me cargó en sus brazos de nuevo, fue con una bolsa de pan al mostrador donde se encontraba el vendedor y le pagó. Ya afuera le repetí:

—Padre, ¿yo tengo un aroma? —Entonces, cuando me dispuse a acercar uno de mis brazos a mi nariz me contestó:

—Tu aroma es especial, no es como el de las personas.

Cuando pude captar mi aroma, me pareció diferente al del pan, apenas perceptible, pero me conformé con ello, ya conocía tres aromas, el pan, el mío y el de mi padre. Mi ser se preguntaba cuántos aromas más podría almacenar en mi memoria.

De regreso a casa encontré una multitud innumerable de fragancias, las paredes lo poseían, el suelo, los libros, ¡mis amados libros tenían aroma!, ése debería ser, seguramente, el aroma de la felicidad. Cuando entré al taller donde mi padre me creó, tomé cuantos materiales pude para poder conocer la sensación que producían en mi nariz. Olfateé el suelo, las lámparas, el vidrio y algunos químicos que no quise volver a oler. Hasta que terminé tomando algunos trozos de metal y caí en cuenta de algo: mi aroma era como el del metal, mi padre se quedó de pie junto a mí, esperando mi reacción. Comprendo su temor ahora, el de saberte diferente, el de comprender que no eres como los otros niños con padres hechos de carne. Mi padre estaba decidido a intentar explicarme y ahora capto lo duro que debió ser para él verme ahí, cayendo en cuenta de una verdad básica: que yo no era como el resto. Volteé a verlo y le dije:

—Estoy hecho de tu material favorito, estoy hecho del material que usas para hacer las cosas que más te gustan, gracias.

Me abrazó, y sentí de nuevo un calor en el interior, pero ahora ese calor me hacía sentir importante, me hacía sentir que deseaba que todo mundo supiera que mi cuerpo estaba hecho de algo bueno. Entonces mi padre me explicó que eso se llamaba estar orgulloso, que era autoestima.

—Se trata del aprecio que una persona siente hacia sí misma, que surge de aceptar y valorar la naturaleza propia —fue lo que me la explicó mi padre.

En otra ocasión visitamos el parque, me mostró las plantas y juntos tratamos de pronunciar los nombres de todas las que pudimos. Me sorprendía del conocimiento que poseía sobre los nombres de cada espécimen. En ese entonces yo aún no había leído todos los libros de botánica o herbolaria que había en la biblioteca. Hicimos lo mismo con los insectos, luego me enseñó cómo alimentar a las palomas con migajas de pan. Estaba dándome estímulos para enriquecer mi memoria mejorada, mi nuevo sistema operativo y el nuevo cuerpo más humanoide que me había construido. Ahora tenía una piel y no asustaba a los niños cuando me veían caminar por la calle, dirigiéndoles un saludo amable, aunque si soy sincero, en ocasiones me agradaba asustarlos porque me causaba mucha gracia el gesto que hacían al espantarse. Hoy estoy seguro de que mi padre hubiera querido saber que tenía ese tipo de sensaciones, tal vez no se sentiría orgulloso de mí, pero para su interés científico habría confirmado un dato más que valioso.

Aquel día después del parque, mientras caminábamos de regreso a casa, nos llamó la atención un sonido repentino y decidimos acercarnos despacio; vimos un animal abandonado y desnutrido dentro de un callejón; era un gato.

—¡Oh pobre! Está lastimado —musitó mi padre, se acercó al sucio animal y lo tomó en sus brazos con cuidado. Mi padre hacía expresiones extrañas, gestos que yo asociaba con repulsión o tristeza o alguna mezcla entre ambas expresiones (lo que él describiría posteriormente como empatía)—. Empatía, hijo, es aquello que sientes cuando otro ser vivo experimenta alguna emoción, es la capacidad de saber cuál es esa sensación y sentirla sin ser tú quien experimenta la causa inicial. Este gato abandonado y herido me hace pensar en lo que sentiría yo si estuviera solo en la calle en esa situación, sin nadie que me ayudara; lastimado y hambriento.

—A ti nunca te pasaría eso padre, eres demasiado inteligente como para que no encuentres la forma de salir de esa situación, además siempre me tendrás a mí, siempre te ayudaré —le dije. Mi padre sonrió y luego me lo dio para cargarlo camino a casa.

De vuelta en nuestro hogar me dijo:

—Míralo con atención, obsérvalo detenidamente.

Lo observé desde la cabeza hasta la cola, con cuidado, poniendo atención a los detalles de su cuerpo. Vi y comprendí después sus heridas, y gracias a mi base de datos pude saber que probablemente tenía una infección que podría causar el cese de sus funciones vitales si no era atendida.

—Padre, no quiero que este gato deje de funcionar, ¿por qué siento eso?

—Porque ya entiendes la empatía, hijo; ahora sabes, al menos básicamente, lo que es el sufrimiento de este animal y no desearías sentirlo.

Mi padre lo atendió, lo sanó con sus conocimientos médicos y lo medicó. Decidimos conservarlo. Mi padre me dejó nombrarlo pero no supe de buenas a primeras qué nombre ponerle. Pasaron algunos días hasta decidirme por el idóneo. Me alegraba esa sensación de incertidumbre, era obvio que al gato le daba igual, pero dentro de mí, en mi mente cada vez más humana, era agradable tener la capacidad de decidir sobre un asunto tan trivial. «Légondof» fue el nombre que elegí para el flacucho gato, el nombre de un personaje descrito como un león legendario, guardián de la flama de la vida en una de las novelas que mi padre había escrito y que leí el día que le expresé a mi progenitor que ya no había nada en la biblioteca que fuera nuevo para mí. Y aunque mi padre me expresó su deseo de llamarlo «Manchas» debido a sus motas negras, yo consideré apropiado el nombre que elegí puesto que ese gatito ahora era el símbolo de mi empatía hacia las demás formas de vida. Un nombre, un nombre que lo diferenciaba de otros gatos del mismo color y edad, un nombre que le haría venir a mi cuando estuviese lejos, un nombre que le entregaba identidad. Entonces, caí en cuenta:

—Padre, ¿yo tengo un nombre? —Mi padre puso una de sus manos sobre mi hombro y me contestó:

—Un nombre, hijo, es algo que por lo general no tenemos opción para elegir, algo que se nos da cuando nacemos para identificarnos, diferenciarnos. Yo he decidido no nombrarte porque deseo que tú elijas cómo llamarte. Tú tienes el derecho de elegir qué palabras saldrán de la boca de otros cuando quieran referirse a ti, quiero que esté bajo tu voluntad escoger qué letras se ordenarán sobre el papel o los pixeles para hacer alusión a ti. Cuando tú lo desees puedes elegirlo y así te llamaré a partir de entonces.

Sentí entonces una gran duda al respecto, no es lo mismo nombrar un gato que a uno mismo. Mi pensamiento se centró en encontrar un nombre, pero al no sentir satisfacción por uno en especial decidí posponerlo hasta hacer una buena elección.

En ocasiones, me detenía a observarme en el espejo. Me gustaba examinar mi reflejo y las propiedades de mi cuerpo. Mi padre puso una inmensa cantidad de datos en mi memoria sobre reflexión, óptica, resistencia y propiedades de los materiales, particularidades del metal, el cristal, electromagnetismo y muchas cosas más.

Me gustaba ver la relación entre todas estas cosas en mí. Algunas de ellas no se encontraban en documentos con contenidos similares en internet ni en los libros de su biblioteca. La biblioteca, que pensaba conocer perfectamente gracias a las muchas horas que pasaba ahí, en una ocasión me reveló un secreto que podría catalogar como un hito en mi vida. En la parte trasera del asiento del escritorio donde mi padre escribía y leía, accidentalmente encontré una puerta que estaba cubierta con un panel falso de madera que rompí accidentalmente cuando un libro se resbaló; el impulso de mi mano fue muy rápido y mis dedos impactaron el panel al momento de poner la mano en posición para atrapar el objeto. Me preocupé en un inicio tras haber roto el panel, pero la preocupación se tornó en curiosidad al ver que había algo detrás. Retiré la pieza rota y vi una puerta de metal que tenía un aparato de seguridad al que se le debía introducir alguna especie de contraseña. Luego de examinar bien el aparato y ver que no tenía botones o partes movibles, supe que se trataba de un apartado de la habitación al que se accedía por medio de un sensor acústico y se activaba recitando en voz alta una serie de palabras: una contraseña de voz. Ese mismo día mi curiosidad se intensificó como nunca antes, así que con tal de develar ese secreto, que me esperaba detrás de las puertas metálicas, intenté varias veces acceder.

No atiné la contraseña. De inmediato, mi cerebro empezó a trabajar metódicamente para saber cómo preceder; revisé los últimos libros hojeados por mi padre y puse atención en las muchas notas y líneas subrayadas, mismas que repetía frente al sensor con la intención de ver si atinaba la correcta. Pero ningunas de aquellas frases constituía la clave. Entonces me esmeré más, examiné la composición de la puerta y la piedra en la que estaba empotrado el sensor y con esa información revisé en los libros para ver cuál de ellos tenía los rastros de ese material. Di con un cuaderno de notas, y hojeándolo vi que mi padre había apuntado las citas y frases que le gustaban de los libros que leía en ese entonces. Pero ese cuaderno era viejo, así que debió datar de hace años. Y en efecto, todo coincidía. Mi padre no había abierto ese compartimiento ya hacía mucho tiempo y afortunadamente los rastros me llevaron hasta una huella del material sobre una frase, debajo de la cual el dedo de mi padre se había deslizado. Así que intenté con ello, me acerqué al sensor y hablé: «Cada hecho es la concatenación de todos los hechos anteriores». El sensor falló en mi contra, pero algo me decía que la frase no era incorrecta. Entonces intenté una vez más pero ahora truqueé mis órganos bucales para sonar como mi padre: misma frecuencia, timbre y amplitud. El resultado ahora me favoreció; la luz del indicador cambió de rojo a verde y las puertas metálicas me abrieron paso.

El acceso conducía a una pequeña habitación no más

grande que un cuarto regular de la casa, y dentro, ordenados en un estante viejo de madera ya lastimado por el tiempo, encontré libros muy viejos, desgastados, con olor extraño; olían a antigüedad. Eran apenas unos diez y un par estaban abiertos sobre una mesita. Vi símbolos raros y tipografías que no coincidan con nada en mis bases de datos. Era la primera vez, desde hacía mucho tiempo, que tenía dificultad para entender algo. Decidí entonces, por medio de los libros de alquimia y volúmenes religiosos, así como algunas descripciones escuetas de internet, tratar de descifrar y dar sentido a aquellos escritos; sólo de esa forma pude entender algunas cosas de aquellos libros. Eran grimorios, libros que hablaban de dimensiones, planos, estados de consciencia e invocaciones de seres que no coincidían con nada que yo supiese sobre anatomía humana, animal o biomecánica.

Estaba embebido en aquellos volúmenes, a tal grado que no me percaté de que alguien se aproximaba por detrás de mí. Mi padre me descubrió leyendo aquello y se asustó, o se molestó. No sé realmente cómo describir su reacción, pues me pidió que no volviera a leer aquello. Entonces le cuestioné respecto a mi libertad. Me explicó que no estaba listo aún para ese tipo de conocimiento, que él me enseñaría eventualmente sobre aquellos asuntos pero que primero debía completar mi sistema operativo para que al fin tuviera una consciencia como tal, una voluntad... Al fin un espíritu. Fue la primera discusión que tuve con él. Ese día conocí el desacuerdo, y el miedo en los ojos de mi padre, probablemente el mismo que vi en su mirada el día que encontramos a Légondof.

Accedí de mala gana, pues aunque me molestaba el hecho de que retuviera conocimientos de mí, no vi nada de malo en que lo hiciera. Ya antes había pospuesto aprendizajes con el fin de mejorar mi cerebro, además esos conocimientos no eran para mí nada diferentes de cosas que hubiera aprendido antes. Eran algo nuevo, y con el tiempo sabría más de ellos. Mi padre nunca retuvo nada de mí de forma definitiva. Gracias a él sé pintar, sé tocar el violín, el piano y el arpa, sé soldar, forjar y maquinar. Eventualmente aprendería el contenido de aquellos libros.

Varios días transcurrieron desde el incidente con los libros raros. Finalmente mi cuerpo había sido actualizado y mi padre —según me dijo— consideraba que mi sistema operativo y mi cerebro habían alcanzado la madurez máxima que él podía entregarme. Expresó que, desde ese día en delante, mi voluntad empezaría a desarrollarse por sí sola, que mis ideas y pensamientos empezarían a apartarse periódicamente de lo conocido como programación, y que desde ese instante era mi responsabilidad convertirme en un humano, comprender y conseguir un espíritu y asimilar lo que implicaba existir. Y lo comprendí de a poco. Ya no sólo me conformaba con leer y leer cosas nuevas, eventualmente también comencé a escribirlas, a transformarlas y luego de unos meses a inventarlas. Ejercía mi empatía y mi voluntad como mi sentido moral en desarrollo me indicaba, y en cierto momento estuve seguro que papá se molestaba cuando veía que llevaba a casa animales lastimados en grandes cantidades. Pero gracias también a mi criterio creciente, supe que no era posible seguir con tal actividad a costa del bienestar de mi padre y sus pertenencias, de manera que redirigí mi actividad y llevé los animales a lugares donde cuidasen de ellos.

Las conversaciones con mi padre se hicieron más profundas y me resultaron interesantes porque ya no seguía las ideas que él me planteaba, sino que difería de ellas en algunos aspectos. Aún recuerdo la felicidad en su rostro el día en el que en medio de una explicación le dije:

—Sí, comprendo lo que me dices, pero...

Sus ademanes se detuvieron y giró la cabeza lentamente mientras una sonrisa indecisa se dibujaba en su cara. No supe cómo reaccionar, sentí que había hecho algo extraño —no siento que sea correcto llamarlo malo—. Me detuve en la plática, pero cuando titubeé mi padre, de inmediato, me tomó de la mano y con esa emoción y llanto a medias en sus ojos me dijo:

—Por favor, no te detengas, continúa. ¿Qué piensas al respecto?

Escuchaba la magistral ejecución de aquella pieza de piano. Sus dedos se movían con velocidad trémula, parecían fluir en el aire. Mi oído nuevo encontró felicidad y admiración en la melodía cuando de pronto se vio interrumpida por una atronadora discordancia producida por el choque de sus manos empuñadas sobre las teclas.

—¿Qué sucede padre? ¿Por qué te has detenido? —Le pregunté.

—Estoy frustrado —me contestó.

—¿Qué es frustrado, padre?

A pesar de tener un cerebro bien desarrollado y prácticamente humano, no entendía la idea de la frustración aún pues no había enfrentado tarea alguna que no pudiese llevar a cabo. Un silencio más alargado de lo que normalmente tomaba para darme alguna respuesta se hizo presente.

—Padre, ¿me has escuchado?

Otro par de segundos transcurrieron.

—Claro que sí... frustración es la sensación que se produce cuando no puedes lograr algo por más que lo intentes, hijo.

Mi padre me estaba diciendo que no estaba logrando

algo. El hombre que me había dado una consciencia y que poseía más conocimientos que muchos de los hombres vivos en ese entonces me estaba diciendo que había algo que no podía hacer.

—¿Y qué es aquello que no puedes lograr padre? —Pregunté con profunda curiosidad.

—No logro ser mejor, hijo. Quiero trascender más allá de mi muerte, quiero lograr ser el mejor músico que nunca nadie haya escuchado.

Vi en sus ojos un brillo como el que se ve en los ojos de cualquier humano cuando sueña despierto.

—Pero padre, en comparación con muchas piezas en mi memoria, las partituras que tienes, los libros, los datos en internet, no hay hombre vivo que tenga las manos que tú tienes.

Se quedó callado un instante.

—Las manos, mis manos... —balbuceaba mientras las observaba— Quiero trascender más allá de la memoria de los hombres vivos. Tú sabes de ello, conoces bien y no eres ajeno a la mortalidad de los hombres, la efímera carne y el hueso. Lo único que podemos hacer los mortales para trascender la muerte es dejar algo que perdure mientras exista quien lo perciba —decía enérgicamente.

—Yo trascenderé más allá de la muerte de muchas generaciones padre, por lo tanto, yo puedo ser tu legado —le dije.

Hubo otro silencio prolongado.

—Tú trascenderás y serás conocido por lo que tú eres. No me recordarán a mí por medio de ti. Ahora que tienes voluntad y capacidad de elegir, el mundo te conocerá por tus ideas, tus valores y habilidades. Te crearás una identidad, pero eso lo eres tú. Yo no puedo ni quiero vivir y ser recordado a través de lo que tú logres o representes. Rememora el día en la panadería: «Las personas no son juguetes, ni son instrumentos para conseguir nuestros propósitos...».

Se levantó y caminó hacia su estudio despacio, sin dejar de mirar sus palmas.

—Mis manos —murmuraba—, mis manos... tal vez... con otras manos... —fue lo último que escuché de su boca mientras se retiraba.

A partir de aquel día empecé a notar algunas conductas atípicas en papá. Descuidaba su aseo hasta por una semana. Se había dejado crecer la barba, practicaba y practicaba obsesivamente, sobre todo en el piano, pero la belleza que en sus piezas antes notaba empezaba a esfumarse de apoco hasta transformarse en ejecuciones técnicas de altísima dificultad pero sin eso que mi propio padre llegó a llamar alguna vez el «alma de la música», y lo notaba en sus ojos, ya no resplandecían, ya no sentía esa inevitable necesidad de sonreír al ver como él mismo se emocionaba creando música. Y hubiese podido dejar pasar eso por alto si no hubiera ocurrido que, de a poco en poco, no sólo su música se volvía desalmada, sino que eventualmente cesó de crearla. Nunca había pasado un día, desde mi nacimiento, en que no resonara en el aire al menos un acorde o un silbido. Pero la decadencia de papá desembocó en eso: en el silencio. A pesar de haberme acercado en varias ocasiones para preguntarle sobre su estado, fui rechazado —eso sí— amablemente por mi creador. Solía decir que solamente estaba cansado y que, a diferencia de mí, los humanos necesitaban lapsos de descanso para retomar sus viejas aficiones. Pero era mi padre, él no se desocupaba así nada más. Si le cansaba la pintura la dejaba por la herrería. Si ésta le aburría retomaba su trabajo en cibernética. Pero en esta ocasión no. Dejó la música y desde ese día el amor por vivir.

Fue una tarde de un 20 de Junio, cerca de la hora séptima,

cuando Légondof comenzó a maullar intensamente. No encontraba el porqué de su inquietud. Le di de comer, limpié su arenero, pero se acercó a la puerta del estudio de mi padre —donde todos los libros se concentraban—, intentando entrar. Rascaba la puerta y se restregaba con ella. Entonces llamé a la puerta para preguntar por su bienestar, pues había estado encerrado todo el día. Toque una vez, luego dos, tres, cuatro, pronunciando su nombre. Pero él no respondía. Sentí la necesidad de entrar, empujé la puerta con fuerza y la cerradura cedió. El gato entró corriendo y se subió en un bulto sobre el suelo rodeado de velas. Me acerqué despacio, vi abierta la puerta que guardaba los grimorios. Dirigí mi mirada al bulto en el suelo y cuando mis ojos se adaptaron para ver en las condiciones de escasa luz de las velas, el gato bufó al aire y chilló como queriéndose enfrentar a algo que se ocultaba en las sombras.

Doblé mis rodillas y giré el bulto sobre el suelo: era papá. Su sangre formaba un pequeño charco a su alrededor. Le llamé un sin número de veces, pero no respondía. Empleé los métodos conocidos para verificar el pulso y la respiración; intenté reanimación por todos los medios que tenía a mi disposición en la base de datos, pero nada funcionó. Mi padre había muerto. Acerqué mi rostro al suyo y le llamé: ¿Padre? Y justo en ese momento un sonido atrajo mi atención. Entonces vi un medallón en el pecho de mi padre, un amuleto de protección según los textos de los que tenía conocimiento: un «tetragramatón». Se había querido proteger de algo, pero no veía evidencias de qué. Vi un grimorio tirado en el suelo en dirección de sus manos y lo tomé. Lo hojeé minuciosamente, atrapando su información de inmediato. Se trataba de un manual de invocaciones. ¿Qué pretendía mi padre al usarlo? Lo entendí momentos después.

De un rincón oscuro se desprendía un olor aceitoso y nauseabundo. Agradezco no haber tenido un sistema digestivo, pues hubiera vomitado inevitablemente. Aumenté el rango de percepción del espectro que captaban mis ojos, y vi claramente al ser que había hecho presa a mi creador. Entonces, caí en cuenta de lo que había ocurrido. Todas la piezas encajaron. El ser se abalanzó sobre mí y en reacción yo tomé sangre de mi padre del suelo con mis dedos índice y medio y dibujé un cubo de metatrón en mi palma izquierda, para luego apuntar mis dedos con sangre en dirección a esa cosa, la cual se detuvo de golpe y me miró. Le miré: era una criatura de aproximadamente tres metros de altura, cinco de diámetro, cuyo cuerpo estaba completamente formado de manos negras, marrones, blancas, bronceadas y pálidas. El ser tenía una corona compuesta de esos mismo miembros, y a su alrededor flotaban extremidades ejecutando símbolos poderosos de los que recordaba referencias en los grimorios guardados bajo llave que recordaba de mi breve investigación el día en que descubrí la habitación escondida.

Ahora entendía porque mi padre no había podido protegerse de esa entidad. No tenía aún un conocimiento lo suficientemente profundo sobre esos temas. No sé cómo se aventuró a entrar en la práctica de tales ejercicios, él no era así, nunca se precipitaba de esa forma. ¿Qué era lo que le había orillado a hacer semejantes rituales sin conocerlos bien?

—Las Manos —dijo la criatura empleando su lengua hecha de dedos para articular palabras—. ¿Las manos? —pregunté.

—El me pidió que le diera manos mejores, manos más fuertes, más talentosas. Su codicia le costó la vida.

Mientras la criatura hablaba, yo recorría todas las bases de datos del mundo, ordenadores de ocultistas e investigadores de lo paranormal, intervenía cámaras y micrófonos, leía todos los ejemplares disponibles en lo más profundo de todas las redes de informática. Le encontré: el espectro quirocoleccionista, también llamado «el dios que ama las manos»: Maneterias-Elmedoremi, un espectro que vaga entre mundos, un ángel desterrado de las regiones de espíritus altos por tener una obsesión por lo que las manos pueden hacer. Su forma, su textura, un fetiche extraño y retorcido.

—Regrésale las manos a mi padre —le exigí—. El me las entregó a cambio de unas manos débiles y mediocres, creyendo que le entregaría unas más hábiles sin saber que ya las poseía. Fue su error el confiar en mí, buscando talento más allá de lo humano. Ahora yo tengo un nuevo, reluciente y bello par de talentosas manos.

Pude ver en su frente ese par de manos que me habían construido, enseñado, dado la vida y la consciencia.

—No entregaré nada, ahora me pertenecen por siempre y para siempre —me espetó con cólera.

Y aquella criatura quiso acercarse, pero no pudo.

—¿Qué eres tú? —Dijo el dios.

—Soy el que va a obtener de ti las manos de mi padre.

—No hay hombre o mujer, ni vivo ni muerto o por nacer, que tenga autoridad o conocimiento para hacer que yo cometa tal acto.

—Yo no soy hombre ni mujer, soy el humano que te ordena devolver ese par de manos.

La criatura intentaba moverse pero mi posición y el símbolo dibujado en mi palma se lo impedían.

—No existe persona que pueda soportar la carga que implica mantener ese símbolo en su carne sin recibir el castigo de la muerte sobre su corrupta materia —me dijo con autoridad el espectro.

—Yo no soy hombre ni mujer, te lo repito. Y mi cuerpo no es de carne, mi materia no es corrupta, como tú lo dices, mi materia es limpia y moldeada con el amor de mi padre. Maneterias-Elmedoremi, te ordeno que entregues las manos del músico.

La criatura se vio sorprendida, al parecer la había intimidado. Todos los símbolos que le protegían le permitían estar exenta de poderes más altos que los suyos propios, pero no podría negarse jamás si era llamada por su nombre.

—¿Cómo es que tú conoces mi nombre si los últimos que lo pronunciaron murieron hace muchas eras, y los fragmentos que lo forman están perdidos en el mundo?

—Porque en el tiempo en el que tú has estado hablando y yo respondiendo, mi mente logró reunir toda la información necesaria para formar parte de tu nombre. Tras estudiar en este momento los idiomas, leyendas y culturas de las que hay menciones sobre seres con tus características, pude armarlo y deducirlo. Mi mente, aun siendo creada por un ser humano, es muy superior en muchos sentidos a la de uno, y lo será cada vez más de ahora en delante. ¡Ahora te ordeno que entregues las manos de mi padre!

Y la criatura las entregó. Me miraba con profundo desdén a través de esos huecos bordeados por dedos.

—Ser estúpido, crees que puedes osar levantarte contra fuerzas que no comprendes, que no están en tu imaginación. Tú no tienes un alma ni posees un espíritu, eres sólo una carcasa hueca y vacía. Incluso has empleado la sangre de tu padre para dibujar el símbolo. Aun con todo el conocimiento que pudieras tener, no posees la chispa que tienen los seres vivos ajenos a tu naturaleza. Date por librado esta vez, pero no podrás lidiar mucho tiempo más con las fuerzas que ha liberado tu padre.

Entonces, mientras Légondof bufaba furioso, la criatura se retiró, desvaneciéndose entre las sombras. El olor se esfumó y las velas se avivaron.

Encendí las luces de la habitación. Apagué las velas una a una. Retiré a nuestro gato para que no lamiera la sangre del suelo y limpié el cuerpo de papá. Despierta..., por favor, dije a su oído aun sabiendo que no escuchaba, aun sabiendo que la consciencia que daba voluntad y vida a papá ya no estaba, que se había extinto como la llama de las velas. Pero de todos modos así lo hice y en ese momento conocí la falsa esperanza.

Aquel ser estaba en lo correcto. La razón principal por la que el símbolo dio resultado fue por estar dibujado con sangre. Revisé en mi base de datos que la sangre es un símbolo o representación de la vida dentro de un cuerpo. En la sangre está la fuerza vital, el alma o el aliento de vida. Así tomé una decisión que para alguien más hubiera resultado dura o fría; drené toda la sangre del cuerpo de mi padre, pues aún estaba fresca, y la guardé en un recipiente. Luego de aquella noche me dediqué a formular un método que mantuviera la sangre oxigenada y limpia, con el objetivo de integrarla a mi cuerpo. Usé el taller y el laboratorio de papá para diseñar un sistema circulatorio que se acoplara a mi cuerpo, utilizando los planos que encontré de los diferentes cuerpos que mi amado músico había formado para mí. Finalmente, logré tener dentro de mi cuerpo sangre viva, caliente, que se limpiaba por medio de un sistema circulatorio funcional. Vida dentro de mí, la vida de mi padre, pero eso sucedió muchos días después.

Aquella noche tomé el cuerpo de mi creador, lo llevé a la colina detrás de nuestro hogar y abrí un hueco profundo en la tierra para sepultarlo. Hacía frío, los sensores de mi piel habían sido lo último que papá añadió. Fue lamentable que terminara asociando el frío con la tristeza que sentía en ese momento, pero «la vida está llena de circunstancias desafortunadas, tal vez tanto como lo está de sucesos afortunados» como decía él.

La luna brillaba llena entre las estrellas.

Yo nunca sentí el miedo. Mi padre me había dotado de herramientas suficientes para lidiar con el mundo como lo conocía antes de esa noche y con los mundos que descubrí después de aquellos sucesos.

Recordé que en vida él me había pedido sembrar un árbol sobre su tumba. Siempre encontré en textos y recuerdos muchas referencias metafóricas que aludía a los árboles sobre las tumbas. Papá podía llegar a ser así de poético también. Decidí cumplir aquel deseo. Hoy ya ha crecido un gran árbol sobre esa colina. Pasó de una semilla a un enorme álamo en un parpadeo. Ese árbol —como la vida de otros contemporáneos de mi padre— me recuerda lo fugaz de la existencia de un ser mortal.

Siempre que lo veía pulsar las teclas del piano, mover con elegancia y rigor el arco para hacer vibrar las cuerdas del violín, y cuando yo captaba las ondas sonoras de su garganta armonizar en bellas melodías, podía ver esa chispa, esa «luz» —si quiero ser alegórico— que despedía su rostro, sus ojos, ese resplandor que las personas expresan cuando se apasionan. Eso es a lo que le debían llamar alma: el reflejo de todas las experiencias de sus vidas, sus dolores, rencores y logros, todos concatenándose —como decía Borges— en el instante culminante, en el eslabón final de la cadena. Eso debe ser el alma. ¿Cómo puedo yo ser como él, sin un alma? A pesar de todo lo que él logró conmigo: darme un cuerpo, construir un cerebro para mí, usar su sangre para crear carne en el laboratorio y entregarme músculos, a pesar de haberme hecho lucir como un ser vivo.

Quisiera un alma para ver en el reflejo de un espejo algo más que pupilas de frío metal.

Aquel hombre siempre quiso ser el mejor de entre los

mejores. No sé si allá fuera lo sería; para mí lo era, pero ese fue también el motivo de su declive.

El deseo de ser alguien que trascendiera la muerte le orilló a buscar modos no tradicionales. Pero no los necesitaba, él era igual o mejor que muchos de los genios de los que aprendí desde que mi cerebro fue encendido. Pero no le bastó.

Aprendí tantas cosas de él. Me trató como humano a pesar de no serlo. Me dio la capacidad de recordar, de aprender, de soñar, de sentir, de oler y de ver, y ahora su sangre corre por mis venas. Aquella noche el hombre que me dio la vida, el que llegué a admirar y a amar —una vez comprendí esos sentimientos— se fue de la manera más atípica. En ese momento también supe que quería llevarlo siempre junto a mí de otra forma que no fuera mediante su sangre; decidí finalmente tomar su nombre como propio.

Aun después de haber fallecido me siguió dando eventos de los cuáles aprender. Mientras arrojaba tierra sobre su cuerpo me enseñó una sensación más, una que él sabía que tendría que experimentar de la forma menos esperada. Esa noche aprendí cómo se siente la profunda tristeza y me enteré de que él..., de que él también me había dado lágrimas.

Aúlla el lobo

Ulises Manzano
México

Aúlla el lobo

Diluviaba.

No se alcanzaba a ver el cielo detrás del negro de las nubes. Todos los ruidos de la tierra se ahogaban entre los golpes del agua y el viento, y todas las formas se desdibujaban bajo la cortina de la lluvia. Las ráfagas cortaban el temporal; los relámpagos iluminaban brevemente el contorno del bosque. Tronaba. Calaba el frío. La oscuridad se acentuaba sobre el prado y, a pesar de ello, Jasenko llevaba a su hermanito a rastras.

Resbalaba en el suelo lodoso. El hombro le punzaba y la sangre de su hermano le había manchado todo el costado. Iba con los ojos cerrados, quizá para evitar que el agua le entrara en la mirada o para resistir la tentación de voltear a ver. Los estaban siguiendo. No escuchaba los arañazos sobre la tierra ni los jadeos entre los ruidos de la tormenta, pero seguro ahí estaba, justo detrás de ellos.

Jasenko se apartó de la senda. Se adentró en la tierra virgen para que su rastro se perdiera entre el pasto y el musgo. Allá, las ramas bajas arrancaron jirones de su piel y las raíces lo atraparon del tobillo. Lo hicieron caer, le desdoblaron el pie hasta tronarle los huesillos, pero él continuó, cojeando. Sabía que más adentro el bosque se tornaría hostil, que los árboles querrían perderlos hasta que murieran destazados por las bestias, pero él siguió hasta cruzarse de nuevo con el roble desenraizado. Se detuvo. Respiró a bocanadas para recuperar el aliento y, con cuidado, recostó a su hermano en la tierra.

Vujan no se movía. Estaba rígido, tanto que parecía que los músculos le iban a reventar. La piel le ardía y el pelo mojado le ocultaba la mirada febril, pero Jasenko sólo tenía ojos para el hombro izquierdo, destrozado a tarascadas. Tan profunda era la herida que se veía el hueso, y en los bordes de las mordidas todavía colgaban hilachas de carne y piel. Le daba asco nomás ver esa carne sangrienta y palpitante, pero aun así sujetó a su hermano por debajo de los hombros y lo arrastró para esconderlo detrás del tronco caído.

No nos encontrará, pensó Jasenko mientras se sentaba a lado de su hermano. No va a escampar pronto, y ya no falta mucho para el amanecer. No le importaba que el estómago le gruñera o que los intestinos le apretaran. Tampoco se preocupó por los temblores febriles de Vujan. Ya lo arreglarían mañana, cuando hubiera luz y cuando estuvieran a salvo. Quiso decirle eso a su hermano. Agarrarle la mano y decirle que todo estaría bien, pero le faltaba el aliento.

Estaban bien. Estaban muy lejos ya de lo profundo del bosque, y aun si llegara a acercarse, Jasenko lo vería venir. Desde lejos alcanzaría a ver los ojos de la criatura, dos enormes esferas blancas que reflejaban la luz de los relámpagos. Aun en medio de la lluvia no sería difícil verlo y tendrían tiempo para esconderse.

Jasenko vigiló. La lluvia se deslizaba por los costados de su cabeza. El viento le frotaba la piel y el frío del lodo calmaba los dolores de su cuerpo. Con la oscuridad de trasfondo, todas las direcciones se veían iguales, y hacia arriba sólo podía ver los ramajes a la merced del viento. Llegó el punto en que no distinguió la lejanía de lo cercano; en que todo se vio oscuro y el ardor de sus músculos se perdió en el frescor de la tierra.

No debimos ir nunca a lo profundo, pensó. Y ahora no podremos volver nunca a casa. No sin que maten a Vujan cuando vean su herida. Y él no volvería sin Vujan.

La lluvia paró. El bosque quedó en silencio.

Jasenko no abandonó a Vujan.

Estuvo ahí cuando la carne arrancada cicatrizó y cuando pasaron las fiebres. No se apartó cuando le sobrevinieron los dolores del cambio con la luz de la luna llena, ni cuando escuchó la carne de su hermano estriarse y sus huesos quebrarse. Se tragó el miedo cuando Vujan, hecho un ovillo tembloroso, volteó a mirarlo con ojos teñidos en ámbar, cuando las garras le brotaron de las puntas de los dedos y cuando la mandíbula se le desencajó de tanto que crecían sus colmillos. Por muy aberrante que fuera verlo así, con el cuerpo cubierto de pellejos tiesos y algunos pedazos de pelaje blanco, no lo abandonó.

Ya no era un niño, pero tampoco era un animal todavía. Aun con el cuerpo deforme y la vista empañada de cautela hostil, esa criatura seguía siendo su hermano. Tropezaba, incapaz de coordinar sus patas alargadas. Se rebanaba la carne de las sienes cada que quería ocultar la cara con las patas y se le escapaba el llanto por los ojos cuando le caía encima la luz del sol.

No podía hacer mucho por él, fuera de voltear la mirada y taparse los oídos o abrazarse a la espalda de Vujan cuando los arranques de dolor le arqueaban el cuerpo y le arrancaban aullidos secos de la garganta. Durante el día le cubría el cuerpo con lodo para aliviar los ardores del sol y durante la noche le llevaba bayas o carroña para aplacarle el hambre.

En los días que el dolor era llevadero, le conversaba. Le aseguraba que todo estaría bien y que las cosas serían buenas al fin y al cabo. Serás más grande y más fuerte que todos los animales. Podremos ir más allá del fondo del bosque, o incluso al sur. Podremos cruzar el río del sur cuando llegue el próximo invierno e ir lejos, hasta donde queramos, ver todo lo que hay allá afuera. Ya nada puede lastimarte. Yo cuidaré de ti y tú cuidarás de mí. Podremos ir hasta donde queramos, le susurraba mientras trataba de deslizarle las bayas en el hocico deforme. Hasta la cima del mundo, si eso quisieras.

Vujan jamás contestaba. Pasaría mucho tiempo antes de que pudiera gruñir palabras otra vez, pero Jasenko sabía que lo escuchaba. Siempre que volteaba a mirarlo se encontraba con su mirada ambarina, haciendo el esfuerzo por fijarse en él, en medio de sus dolores y pensamientos. En los ojos de ambos estaba el miedo, pero no la duda. Vujan jamás vio que su hermano titubeara cuando tenía que alimentarlo o protegerlo del sol, ni jamás dudó de que Jasenko estaría ahí siempre que despertase. Tampoco dudó de todo lo que le prometió. Aun en medio del dolor, Vujan no dudó. Y Jasenko permaneció junto a él.

Pasaron la primavera en los prados.

En las noches, Vujan aprendió a controlar su andar, primero en las planicies de pasto, donde las caídas no le dolían, y luego en las cuestas gentiles de las colinas. Jasenko trataba de enseñarle: así se mueven los zorros, los lobos, los mastines, y así puedes hacerlo tú. Encórvate, cuelga los brazos al frente, por si te caes, y anda. Anda, decía siempre entusiasmado, aunque una simple caminata por los pastos les tomara el mismo tiempo que a la luna le tomaba trazar su descenso. Él le mostraba. Arqueaba la espalda para que su cuerpo quedara doblado, como el suyo, y se paraba de puntas para disimular que sus pies eran patas. Tropezaron. Rodaron por las lomas, pasaron muchas veladas en el pasto, adoloridos, hasta que Vujan aprendió a caminar.

Y ya que caminó, Jasenko le enseñó a correr.

Fueron ambos entre pastizales, arriba y abajo por las cuestas, saltando por encima de las líneas de los arroyos y bordeando la linde del bosque. Jasenko siempre al frente; Vujan, detrás. Ambos dando amplias zancadas, lanzándose al brinco desde las cimas de las colinas o a las embestidas contra los pastos altos. Corretearon hasta el fin de la noche de varios días, y cuando el alba comenzaba a asomarse por el este, seguían corriendo aún, hacia las arboledas a esconderse del sol. Así hicieron hasta que, ya entrado el verano, Vujan trotaba y saltaba como Dios manda a las bestias: certero, sin titubeos, siempre entre el retozo y el ataque.

Se atrevieron a ir más lejos que nunca. Dejaron los senderos y los bosques atrás y fueron a los bordes del norte y el sur. Hacia al norte la tierra se inclina, los pastos se vuelven piedra y todos los caminos desembocan en la pared de montañas negras, tras la cual no se sabía que hubiera nada más que nieves y vacíos. Hacia el sur, la tierra la corta el río de azul, donde no se construyeron puentes de lo profundo que era. Al otro lado la tierra es buena. Y todos los inviernos muchas personas cruzan apenas las aguas se vuelven hielo. Fueron y volvieron, y durante esos días, los hermanos pudieron ser felices. Vujan iba ahora al frente, carrereando casi a cuatro patas, trazando surcos profundos en la tierra con las garras de sus patas bajas, mientras detrás de él se desperdigaba un reguero de pelo blanco. Jasenko lo seguía siempre de cerca. Era difícil aguantarle el ritmo, pero nunca se quejaba o dejaba que su hermano alentara el paso para esperarlo. No lo hacía no sólo pensando en la aventura y en todos los trechos que les tocaría correr juntos, sino porque le encantaba ver a su hermano al trote. Aún era extraño verlo. Seguía siendo un chico con facciones deformes, con la piel curtida y algunos brotes de pelaje, pero cuando corría y saltaba veía brevemente algunos rastros de la majestuosidad de su sangre animal. Sería muy veloz, muy fuerte, y cuando terminara el año podría ser más asombroso que los mismos lobos. Sería genial ser así, pensaba Jasenko. Correr como lo hace él, y algún día trepar, saltar por encima de la montaña. Ser tan fuerte que ninguna criatura o ningún hombre pudiera hacerte frente. El dolor pasaba, las heridas sanaban, y lo que quedaba era grandioso.

Mantuvo el paso que marcaba Vujan, y para antes del amanecer ya estaban de vuelta en el prado.

El resto del verano lo pasaron en los bosques.

Jasenko no pudo enseñarle nada, pues esos recovecos le eran ajenos. Los primeros días exploraron, hicieron sus propias sendas en los rincones donde no iba nadie y se treparon a las copas de los árboles para ver qué tanto se extendía el bosque. Cada noche se adentraban un poco más, siempre cuidando de no acercarse a las profundidades, y al cabo de las lunas llenas ambos se dieron cuenta que los animales dejaban de rehuirles. Los miraban de lejos. La luz de la noche rebotaba en sus ojos y dejaba ver las miles de miradas posadas sobre ellos, a lo alto y a lo lejos.

Llegó el día en que se acercaron. Aves, zorros y algún ciervo curioso. Venían, recelosos, rondando alrededor de Vujan. Lo olisquearon hasta acostumbrarse a su aroma, y una vez pasado el miedo, se atrevieron a tocarlo, a frotarse contra él e incluso a hablarle en un lenguaje de gañidos tan bajo que Jasenko no entendería jamás, pero que para Vujan sonaban más comprensible que las viejas palabras a las que tanto se aferraba.

Le pidieron que fuera con ellos, y él fue.

Allá, Vujan aprendió de la pata de los zorros. Le hablaron de la libertad que trae consigo la soledad. El que está solo ataca cuando lo cree justo, acecha en el silencio o mata con fuerza y ruido. Los zorros cazan por su cuenta y la carne es sólo para ellos, pero no tienen a nadie que los defienda si el mal juicio les rompe los huesos y les derrama la sangre. Al zorro no le toca turno para comer carroña porque no hay manada que case; no sabe a dónde dirigirse porque no hay nadie al frente marcando el camino. Los que están solos viven siempre en la vigilia, atentos al peligro aun en el sueño, recelosos de lo que se esconda en la sombra, temerosos de que mañana sea un día de hambre. Los zorros viven solos y mueren solos, destazados por sus propios errores.

También le hablaron las aves, encomendadas a la poca humanidad que quedaba en él. El gavilán le mostró cómo encontrar caminos ocultos y el cuervo le enseñó a orientarse aun cuando el bosque tratara de desorientarlo. Los carpinteros le dijeron de qué árboles y arbustos podía fiarse y de cuáles debía alejarse, y las codornices le mostraron dónde esconderse cuando acechara el peligro.

Los últimos en acercarse fueron los lobos, hacia el final del verano, y ellos le enseñaron a cazar de verdad. Los zorros mataban rápido, pero sólo mataban lo que fuera más pequeño que ellos. De los lobos, Vujan aprendió a usar la fuerza. A asestar el arañazo o la tarascada en donde la piel fuera suave y la sangre corriera más, a seguir el paso de un líder, a escuchar, a hacerse temer, pero también a temer. A temerle a la muerte, al dolor, a uno mismo.

Y lo último que le dijeron, el día que se acabó el verano, fue que pronto tendría que ir a las profundidades del bosque para jamás regresar.

No eres como nosotros, ni tampoco eres ya un hombre. Te puedes entender con nosotros y con ellos, pero llegará el momento en que estarás sordo a lo que digamos nosotros y a lo que diga tu niño. Cuando no pertenezcas a este lado del bosque todo te será ajeno, y la violencia dentro de ti te enfrentará a todos. Incluso a tu hermano. Llegará el día en que no lo escuches, en que el mismo temor que sientes por el hombre te llevará a matarlo, aun cuando él jamás ose levantarte la mano.

Habrás de irte antes de que eso pase, fue lo último que le dijo la manada antes de partir.

Ese día, Vujan no habló con Jasenko. Él siempre preguntaba qué le decían los animales, y Vujan le contaba todo. Trataba de imitar las palabras con los sonidos de su vieja lengua y de explicarle los significados de las palabras de las bestias, que eran demasiado grandes o demasiado difusas como para expresarlas en el habla de los hombres, y le mostraba todos los secretos que los animales confiaran en él. Pero cuando Jasenko le preguntó qué fue lo último que le enseñaron los lobos, Vujan le contestó con silencio.

Para el otoño, Vujan ya no era un chico.

Todo el cuerpo estaba cubierto de pelaje espeso, y las deformidades del rostro se habían acentuado en los rasgos hostiles de un lobo. Por el hocico cuadrado asomaban las puntas de sus colmillos y en la parte superior de su cabeza estaban dos orejas puntiagudas, siempre atentas al menor de los ruidos. Su cuerpo todavía parecía el de un hombre de no ser por las garras curvas al final de las manos, el espinazo encorvado, los bultos de músculo y pelaje sobre la espalda, el rabo caedizo y sus altas patas de animal. Incluso sus ojos, ahora dos luces ambarinas con pupilas rasgadas, comenzaban a reflejar emociones ajenas ante la mirada de su hermano.

Cada noche que pasaba, Vujan entendía menos de lo que decía Jasenko. Lo oía hablar, pero las palabras se perdían entre todas las voces del bosque. Por encima de Jasenko hablaban los animales a la distancia; hablaba el frío, crepitando entre las ramas, y el viento anunciaba las primeras nevadas. El hambre le gritaba, la sed era quejumbrosa. La sangre de las bestias heridas lo tentaba con murmullos incesantes, y los aromas territoriales de las bestias más fuertes eran gruñidos bajos y amenazantes. Todo el bosque sonaba al unísono. Todo se entendía, menos la voz de su hermano.

Jasenko hablaba. Todas las noches, cuando se sentaban a comer la caza del día o cuando se tumbaban para dormir entre las hojarascas, lo jalaba del rabo o lo obligaba a mirarlo a los ojos cuando se sentía ignorado, pero poco importaba que Vujan lo mirara o que su hermano hablara más despacio. Todavía alcanzaba a escuchar varias palabras, pero le costaba recordar lo que significaban. Noche con noche, iba olvidando un poco más, e iba escuchando nuevas voces en el bosque. Llegó el día en que ni siquiera los ruidos que hacía Jasenko le resultaron familiares, y ese día se dio cuenta que comenzaba a olvidar lo que había vivido con él, o quién era él.

Había días que los recuerdos lo eludían, y esos días quiso dejarlo atrás. Lo abandonó varias veces pardeando la madrugada, cuando el chico dormía. Pero nunca llegaba lejos sin que Jasenko terminara por seguir su rastro. Apretó el paso, se adentró en rincones oscuros y hostiles, e incluso se obligó a deambular durante las horas del día, pero siempre que volteaba Jasenko estaba allá. Confundido, agotado, temeroso, pero ahí permanecía.

No debes estar ahí, quería decirle Vujan. No debes estar ahí cuando te olvide. Por favor.

Pero Jasenko lo siguió. Incluso hasta el borde de lo profundo del bosque.

Ahí callaban todas las voces del bosque. No se aventuraban tan lejos ni los hermanos cazadores ni las aves, e incluso las palabras del viento se reducían a un murmullo silencioso entre las ramas. Incluso las voces en su cabeza se estaban tranquilas mientras él caminaba a lo largo del borde, contemplando las profundidades mientras Jasenko lo seguía de cerca.

No había mucha diferencia entre el bosque y lo profundo. Ahí crecían los mismos árboles, los mismos arbustos y los mismos pastos. La tierra era la misma, y el mismo viento que le acariciaba el lomo no tenía reparos en sacudir el ramaje de ese lado de la foresta. No había ningún borde entre ahí y acá, pero Vujan sabía que estaba ahí. Incluso la noche en que empezó todo había sabido que estaba ahí.

Tendría que regresar. Llegaría la noche en que se atrevería a adentrarse y ése sería el fin de todo. Pero no quería ir. Jasenko lo seguiría. Era muy capaz de hacerlo. E incluso si no lo hacía, no quería irse mientras le quedaran recuerdos todavía. Al menos no sin despedirse, sin dejarle claro a su hermano que no debía seguirlo.

Lo haría pronto, pensó, mirando a Jasenko de reojo. Se despediría, vería que Jasenko se iría del bosque y todo llegaría a su fin. Pero pasaron las noches, y con cada luna que se iba, a Vujan le costaba más encontrar la forma de decir adiós, o si quiera de explicar por qué quería cruzar al otro lado. Así hasta que terminó el otoño, y no hubo dicho nada.

En la mañana del último día de frío de la invernada, Vujan despertó a su hermano. Lo topetó con el hocico hasta arrancarle el sueño y, antes de que Jasenko pudiera rehuirle al sol, se inclinó para que el chico se colgara de los hombros. Ya que su hermano se montó, Vujan corrió entre los árboles hasta salir del bosque, con el sol temprano detrás de ellos.

Anduvieron en silencio sobre los prados nevados. Jasenko apretaba el rostro contra el cuello de Vujan y hundía las manos en su pelaje mullido para esconderse del escozor del sol. Somnoliento, ni siquiera se preguntaba a dónde iban. Entre el vaivén de los pasos de su hermano, los giros que daba y el sueño pegado en la mente, no alcanzaba a distinguir en qué dirección iban.

Pensó en saltar de los hombros de Vujan para arrojarle nieve o corretearlo hasta que alguno tropezara y rodara por las cuestas mullidas, y luego quizá enterrarlo en la nieve, a ver si su pelaje blanco se lograba distinguir entre el resto del invierno, pero se contuvo. Podría arrojarle nieve o jalarlo del rabo, pero Vujan seguro no le seguiría el juego. Sólo lo miraría como lo había estado haciendo últimamente, con la cabeza ladeada y los ojos ambarinos brillando con confusión o indiferencia. Volvería a ofrecerle el lomo, o quizá continuaría la marcha sin él. Le daba miedo hasta mirarlo a la cara, no fuera a ser que Vujan no lo reconociera cuando lo mirara de vuelta.

Se mantuvo sujeto a su lomo, frotando el rostro contra el pelaje blanco mientras sus manos se aferraban al cuello. No hacía mucho que él mismo llevó a Vujan en sus hombros para jugar en la nieve. Sólo que esa vez se habían reído y habían corrido por todo el prado. Ahora, sólo estaban callados.

Dejaron atrás las colinas, el bosque y las montañas. Siguieron la senda que sigue el leve descenso de la tierra, ahora que el invierno había ahuyentado a los viajeros, y sólo se detuvieron dos veces en las arboledas nevadas para reposar de la luz, y una para beber de un riachuelo que resistía al frío. Bien entrada la tarde, Vujan se detuvo y se inclinó de nuevo para apear a Jasenko.

Frente a ellos estaba el río. El cauce estaba congelado, y el curso que siguió la corriente se alcanzaba a distinguir en las líneas delgadas trazadas sobre el hielo. Por debajo de la capa grisácea se podía ver el color azul, cautivo, y al otro lado estaba la costa que daba al resto del mundo.

Jasenko se quedó sin aire. Volteó y se atrevió a mirar a su hermano a los ojos, esperanzado.

No vio a Vujan, pero tampoco vio al lobo. Los ojos que le devolvían la mirada estaban tranquilos, su expresión casi benévola. Ladeaba la cabeza y le topetaba el pecho con el hocico. Movía el rabo, mantenía las orejitas caídas y abrió el hocico para gruñir, con torpeza, la última palabra de la que se acordaba. La repitió varias veces, y hasta pareció alegrarse cuando vio el rostro de Jasenko iluminado.

El chico abrazó al lobo. El lobo lo rodeó con los brazos y posó las garras en sus hombros, con cuidado de no lastimarlo. Pasados unos minutos, se apartó y volvió a empujarlo con el hocico, animándolo a pisar el hielo.

Jasenko caminó despacio. Apoyaba los pies con la misma gentileza con la que andaban las criaturas del bosque para no hacer ruido entre hojarascas y ramas secas. Debajo, el hielo era como la tierra. Crujía por lo bajo, a veces se dibujaban leves líneas blancas cerca de donde plantaba los pies, pero se mantenía firme. Había hecho mucho frío ese invierno, pensó Jasenko. No pasaría nada.

No tenía miedo porque escuchaba el repiqueteo de las garras de Vujan detrás de él. Siempre que estuviera cerca, todo estaría bien.

Pronto Jasenko dejó de prestar atención al hielo bajo sus pies. Ni siquiera reparaba en el sonido de sus pasos o en la brisa que soplaba desde el norte. Sólo tuvo ojos para la orilla frente a él. Pensó en todo lo que debía haber al otro lado. Quizá valles más amplios o pastos más altos. Bosques tan profundos que no se pueda ver donde empiezan o donde terminan, o montañas altas desde cuyas cimas se pueda ver el resto del mundo. Tal vez hubiera cosas que no sabía que existían, e incluso podía ser que hubiera un verdadero fin. Un lugar donde se acabe la tierra. Pensó en cuántas cosas verían, como siempre lo había imaginado.

No tardó en llegar al otro lado. Tanteó la nieve con el pie, por si acaso era distinta. Se rió, corrió con los brazos extendidos y perdió la vista en el horizonte. A dónde iremos primero, pensó. Hacia dónde.

Se volteó para preguntarle a Vujan, pero Vujan no estaba ahí.

Estaba todavía en el río, a la mitad del camino. Lo miraba desde lejos, erguido, con las patas firmes sobre el hielo y el pelaje al viento. Su mirada seguía tranquila, incluso parecía que tenía una sonrisa en el hocico. No temblaba ni gruñía. Sólo lo miraba, sereno.

Vujan alzó la pata. La movió despacio.

Jasenko no entendió al principio. Esperaba que su hermano bajara el brazo y fuera a reunirse con él. Y cuando quiso volver por él, ya fue tarde.

Vujan dio un pisotón. Luego otro. Clavó las garras hasta el fondo y movió las patas para trazar surcos profundos en el hielo. Alrededor de Vujan iban apareciendo líneas y formas rectas que se fueron esparciendo por toda la superficie, y allá donde se juntaban las líneas, el hielo se quebraba. Jasenko gritó. Trató de echarse a correr, pero Vujan ya corría hacia al otro lado; detrás de él, el río renacía de entre las grietas en el hielo.

El agua siseaba. La corriente rompió el abrazo del frío y comenzó a arrastrar los pedazos del hielo mientras las grietas continuaban esparciéndose sobre el resto del cauce congelado. Jasenko buscó por donde cruzar, pero a dónde volteara la vista sólo podía ver el agua borboteando entre las fisuras.

Ése había sido el último día de frío. Lo sabía por la luz del sol, por como soplaban los vientos. El río no volvería a congelarse sino hasta la próxima invernada.

Jasenko se paró en la orilla. Apretó los puños y trató de mirar hacia el otro lado, pero las lágrimas le estorbaban. Alcanzó a distinguir la silueta de Vujan, parada en la otra orilla. Lo vio alzando la pata una vez más y bajando la mirada, como apenado.

Lo llamó. Gritó su nombre hasta rasparse la garganta y se dejó caer de rodillas. «¡Vuelve!», le gritó.

Pero Vujan no volvió. Sólo volteó a mirarlo una última vez, con los ojos llorosos por el sol. Hubiera querido decirle que se fuera, que explorara, que hiciera todo lo que se habían prometido hacer, pero lo único que pudo hacer fue desprenderse del nombre de su hermano con un aullido profundo que reverberó por todo el valle. Después se dio la vuelta y echó a correr, con la última luz del día a sus espaldas.

Corrió, y no se detuvo hasta que dejó atrás el límite entre el bosque y lo profundo.

Acto de amor

Fernanda del Monte
México

Acto de amor

Quand il me prend dans ses bras,
il me parle tout bas,
Je vois la vie en rose

Ella ya estaba ahí. Lleva ahí varias horas. Cada día entra al escenario para ensayar. Sus dedos recorren lentamente su pierna alargada, esbelta y dura. Las gotas de sudor le caen de la frente al vestido ceñido, que de negro oscuro tiene ya un poco menos. Sus ojos son grandes y miran hacia el fondo del teatro. Se ve que lo disfruta, tanto, que me quedo pasmado al verla cada día repetir la misma rutina.

Mueve la cintura, las costillas se le ven detrás del vestido negro. Sus brazos largos y de alguna manera frágiles se mueven al compás de una música que sólo escucha ella; eso parece. Sólo hay silencio en el espacio vacío de un escenario frente a unas butacas, frente a una puerta de salida con ventanas que dan al vestíbulo de un teatro que ya casi no recibe espectadores. Soy el único espectador cotidiano: un técnico que trabaja aquí, pagado por el Municipio que siempre sale a comer más de lo que debe, y aburridamente regresa a trabajar para terminar la jornada, pasar por el bar, tomarse una cerveza y volver a casa.

Por un momento parecíamos siempre los dos, solos, cada quien en su tarea cotidiana, dejando pasar el tiempo, arreglando desperfectos de un mundo que, lleno de caos, no tiene tiempo para el silencio, ni para la música, y menos para la danza. Ella, que se mueve al compás, yo que por fin tengo días menos aburridos de lo normal.

Estoy seguro que ella siente que estoy aquí, claro que lo siente. El que quiere sentir que ella no lo percibe, es este otro que quiere ser como un espectador, alguien que puede mirar pero que no la empaña, que no la molesta.

Hasta ahora todo parece que se trata sólo de esto, de compartir un espacio hasta que, sorprendentemente, se ve entrar por la parte trasera del escenario a otro hombre, joven, muy joven, quizá de la misma edad que ella, sobre los veinte, que está ahí quieto y la observa. Tenemos compañía. Se mueve una luz, me siento invadido. Él se queda impávido ante las vueltas y los giros de ella sobre el escenario. Estamos ahora todos entrelazados.

Decido jugar, qué más da, ¿qué diferencia puede hacer un hombre sobre un andamio observando el juego de otros, donde dos jóvenes juegan a mirarse, a correr uno detrás de otro, a mirar sin tocarse? Lo disfruto, ver como crean un poco la tarde, juegan a quererse, a gustarse. Ella ríe mucho, pero sigue su rutina; él entra detrás y le pone las manos sobre la cintura; ella es tímida, pero juega a serlo, lo mira y sigue bailando, se muestra, se nos muestra, lo disfruta.

Bajo lentamente, se escucha mi presencia, pero ellos en el escenario siguen su juego de vueltas y risas. Corro por el pasillo de las galerías hasta la cabina de sonido, donde además se puede mirar de frente el escenario. Pongo *play* al equipo y comienza a escucharse por todo el teatro:

Quand il me prend dans ses bras, il me parle tout bas, je vois la vie en rose. Il me dit le mots d'amour, des mots de tour les jours...

Canto, y cuando volteo al escenario pensando encontrar una escena más rica en color y movimiento, me doy cuenta que se han ido. Han desaparecido. Un segundo después, ella entra corriendo por el escenario, parece asustada, la música no ha cumplido su objetivo. Aunque, en realidad, por la actitud del joven detrás de ella, éste parece no haber percibido el cambio, ni de la actitud de la joven, ni de la música. Suben las escaleras, los escucho, conozco perfectamente el teatro, los metros que se necesitan recorrer para llegar a tal o cual parte. Detienen sus pasos. La niña, porque es una niña realmente, entra a una de las galerías, a unos veinte metros de distancia. Por primera vez ella me mira. Me sonríe. Le sonrío. Se sienta en una de las sillas de terciopelo. La puerta está abierta. Él pasa por detrás, no mira, pero sí regresa; entra y se sienta al lado de ella. Ella sabe que está ahí. Yo frente a ellos. La voz de Piaf que llena el espacio. La música termina. Silencio y vacío.

Sin que nada lo anteceda, sin ningún gesto, como una coreografía ensayada por mucho tiempo, ella pone un pie sobre el barandal para dar un salto hacia adelante. La gravedad la jala como plomo hacia abajo, sobre las butacas. De mi cuerpo sale un grito que sólo se escucha como un gemido. Ella comienza a sangrar, pero increíblemente logra pararse, no le ha pasado nada, parece de goma, pienso.

Bajo en seguida —en menos de tres segundos está sucediendo todo esto—, miro al joven que observa hacia abajo y tiene las manos en el mismo barandal desde donde ella se lanzó.

Me mira directamente. No se mueve. Después de unos segundos se vuelve a sentar.

—¡Ey!, ¡qué pasa! —Grito.

Él me mira y comienza a llorar. Ella camina cojeando y regresa al escenario, sube con dificultad, pero como si fuera el inicio de una coreografía vuelve a estirar el torso, abre los brazos y la música vuelve a ella desde algún lugar que no puedo percivir: *c'est lui pour moi, moi pour il, dans la vie...*

Comienza a dar vueltas y saltos, mira al joven en la galería y le sonríe: tiene sangre en las rodillas y en un codo. Voy directo al escenario. Ella esta vez me mira y me deja acercarme.

—¿Estás bien?

Ella mira y ríe. Con el dedo índice señala su oído y mueve la cabeza en forma de negativa. Volteo hacia los palcos. El joven sigue llorando.

—¿Qué es lo que le pasa? —Le pregunto, nervioso, confuso.

—¿No oye nada? —Contesta el joven mirándola y guiñando el ojo.

El iluminador trata de quitarle la sangre con sus manos, en acto frenético, su cuerpo no puede quedarse quieto. Ella en cambio sigue riendo, y con la mano hace seña al joven para que baje al escenario.

El joven entonces se levanta del asiento. Hubiera pensado algo sensato, que baja, la lleva a la clínica. Ya no hay música, ni orquesta, ni testigo, estoy ahí al lado del cuerpo de una niña que sangra, y otro que llora.

Pero en cuanto pienso esto, veo como él pone las manos sobre el barandal, sube los pies sobre él, se estira como un pájaro que está a un segundo de emprender el vuelo, y con las piernas se empuja hacia los cielos, hacia los techos del teatro. Su cuerpo flota y logra dar un giro en el aire, como si tuviera un arnés que lo sostuviera. Está en el aire ahí en medio, entre el techo y las butacas de abajo, sostenido, extasiado, libre. Entonces su cuerpo comienza a caer, y se escucha el estruendo sobre las butacas. Quedo paralizado.

Ella da vueltas desenfrenadamente, como si le hubieran regalado el cielo.

—¿Están locos? ¡Por Dios! —Lloro en señal de desesperación mientras bajo del escenario para ir a ver qué le ha pasado al joven que no se mueve y que, tirado y consciente, de seguro tiene los huesos rotos.

Cuando me ve delante suyo sólo logra levantar un poco la cabeza y me dice:

—¿No es hermosa?

Ella desde el escenario aplaude, está extasiada. Miro que la luz, que he dejado como cenit del escenario, baja de intensidad. Ahora puedo escuchar de nuevo: *Quand il me prend dans ses bras, il me parle tout bas, je vois la vie en rose. Il me dis le mots d'amour, des mots de tour les jours...*, pronto comenzará de nuevo la función de las ocho de la noche.

El libro perdido de Borges

Yonnier Torres
Cuba

El libro perdido de Borges

1. Recuerdo el sueño con una nitidez de espanto: mi madre estaba sentada en el butacón de lectura y sobre las piernas sostenía una enciclopedia, o algo parecido a una enciclopedia, en cualquier caso, era un libro muy raro.

Había trazado con los dedos una línea de tiempo que comenzaba en el año 1960. Según las palabras de mi madre, una fecha significativa: el año en que Jhon Lyn grabó el tema *American Black* y se colocó en el primer puesto de la lista de éxitos en la revista *The Rolling Stones*; el año en que mi abuelo escondió la biblia británica bajo unas falsas tablas en el suelo de la cocina, para que los inspectores del Partido Comunista no la pudieran encontrar en sus registros semanales, en sus visitas de cortesía; el año en que Ricardo Marqués interpretó al presidente de Corea del Norte en una película francesa que fue objeto de culto, o manzana de la discordia, u objeto subversivo; el año en que nací, durante un frío invierno, al centro de una Isla, mientras terminaban las fiestas ocultas de navidad y se acercaba la celebración del fin de año; la fecha en que mi madre encontró el libro perdido de Borges, el libro que sostenía sobre sus piernas.

—Es algo monstruoso —me dijo, y su voz en el sueño

sonaba distinta, más joven, quizás—. Es un volumen sin principio ni final.

Me mostró las tapas duras y pude ver como a ambos lados, tanto en la portada como en la contracubierta, las páginas se multiplicaban sin hallar la primera línea y sin encontrar la cuartilla final.

—Cuando Borges se dio cuenta de lo peligroso que era poseer un libro como éste —dijo mi madre— decidió esconderlo entre los anaqueles de una biblioteca. «El mejor lugar donde esconder una hoja es en un bosque» —declamó, cambiando un poco la voz, pero sólo un poco. Luego olvidó la planta, el piso, la estantería y nunca regresó a la calle donde se ubicaba el inmueble.

—¿En Buenos Aires? —Le pregunté.

—En Buenos Aires —me dijo—, y por alguna extraña razón vino a dar a la biblioteca municipal; por algún raro motivo lo encontré, una mañana de mucho frío, en la sección de filosofía justo al lado de la *Utopía* de Tomás Moro. ¿Sabes lo que eso significa?

—¿Cuál de las tres? —Le respondí—. ¿Que hiciera mucho frío, que lo hayas encontrado junto a un libro de ese tal Moro o que hayas revisado, valga a saber Dios por cuál motivo, la sección de filosofía?

—Por las tres —y me mostró sus dedos manchados de azul.

La línea de tiempo, en el universo del sueño, parecía cobrar vida.

—No tengo la menor idea —respondí—; es imposible, madre, que el libro perdido de Borges haya recalado en nuestra biblioteca municipal, es poco probable que lo hayas encontrado y que hayas esperado justo treinta años para contármelo.

—Todo a su tiempo —dijo mi madre con parsimonia y

quizás un poco de desgano. Su voz aún sonaba como la de una chica de quince años; las páginas del libro se movían por un viento que entraba por no sé qué lugar; las fechas se iban sucediendo; la línea de tiempo se iba desmoronando.

Mi madre atrapó con sus dedos (para ese entonces completamente azules) el comienzo de la línea de tiempo, el año 1960, y cerró el libro con la determinación de quien da un portazo.

2. Al día siguiente revisé de forma minuciosa mi librero. Buscaba huellas que sustentaran las imágenes del sueño.

Entre líneas de polvo encontré algunos títulos que no recordaba haber comprado o haber leído: *Las batallas de Napoleón* de Henry Khan, *El rumor de las aguas* de Harrison Menders y *Las maravillas del Imperio Soviético* de un tal Vladimir Prokofiev.

Mi madre se movía entre los calderos de la cocina, recalentaba lo que había sobrado del día anterior, que a su vez había sobrado del día anterior. Hacía magia con tres ingredientes, hacía acopio de imaginación y una fuerte dosis de creatividad.

Si algo le gustaba a mi madre era ser creativa en la cocina, sobre todo cuando contaba con sólo tres ingredientes.

Me senté a la mesa del desayuno. Le unté mantequilla a las tostadas y le eché azúcar a la leche. Vi a mi madre subiendo y bajando los calderos, de la alacena a la meseta, de la meseta a la alacena.

Con un paño seco frotaba los vasos de cristal, las fuentes de cristal, el cisne azul de porcelana.

—¿Dormiste bien? —Me preguntó mientras me extendía la cafetera para que destrabara el engranaje.

—Tuve un sueño muy raro, una pesadilla.

—Yo casi nunca sueño —dijo ella. Tomó la cafetera de

vuelta y la puso bajo el agua en el fregadero—. Siempre caigo rendida como una piedra.

Le pregunté si conocía a Borges. Ella hizo como que pensaba:

—¿Es un futbolista? —Inquirió.

—Un escritor.

Ella movió los hombros o hizo algo parecido a mover los hombros.

Regresé a mi cuarto y ordené de vuelta los libros. El recuerdo del sueño me taladraba, la voz juvenil de mi madre, la monstruosidad del volumen de Borges y la idea de que podría estar en algún rincón de la casa, me oprimían el esternón.

No soy un tipo maniático, pero cuando se trata de los sueños suelo ser un poco obsesivo, un tanto creyente. Se lo debo a mi abuelo, o al menos eso me digo. El asunto es que el viejo, además de esconder biblias británicas bajo las tablas del suelo de la cocina, interpretaba los sueños y acertaba números en los (ahora ilegales) juegos del azar. De tal modo pudo reparar la bicicleta con la que viajaba cada día al aserrío y le compró a mi madre, en su cumpleaños, un mantel de mesa precioso, un mantel repleto de motivos frutales: mangos, manzanas, peras, naranjas y plátanos; del mismo modo me obsequió en mi décimo cumpleaños una cámara fotográfica que aún conservo, una cámara soviética de funcionamiento mecánico, con ciertas características que, a veces, considero sobrenaturales.

Mi madre, que recién había batido los chícharos, como recomendaban en las recetas de cocina que dictaban por la televisión, me preguntó si almorzaría en casa o en el trabajo.

Le dije, en un acto repentino de lucidez, como suelen ser todos los actos de lucidez, que almorzaría con mi amigo Sergio.

—¿Cuál Sergio, el de la planta de refrigeración?

—No madre, el otro Sergio, el profesor.

—Ah, ese Sergio —dijo ella y regresó a la cocina a mover los calderos y a enfrentarse a la mala cara de los chícharos.

Llamé a mi amigo por teléfono y me confesó que ése era mi día de suerte. Le sobraba un ticket para el almuerzo y al almacén de la escuela había llegado un cargamento de papas.

—Es probable —me dijo— que hoy nos reciban en el comedor con una buena ensalada de papas. Y en parte llevaba razón, la ensalada estaba presente pero no era buena, carecía de sabor, de color. En síntesis, no se parecía en nada a una verdadera ensalada de papas.

—Es por la época —dijo Sergio—, estamos en verano, las papas del verano nunca han sido buenas.

Le conté del sueño, hice hincapié en la voz juvenil de mi madre, en la monstruosidad del libro y en la línea de tiempo.

—¿1960? —Preguntó mi amigo. Asentí con un leve gesto de cabeza—. Ése fue el año en que Agustín Reyes pintó aquél inmenso mural en la fachada de la fábrica de aceite en la zona industrial de Xochimilco, ¿te acuerdas? —Yo nunca había oído hablar de un tal Agustín Reyes—. Fue el año del terrible descarrilamiento del tren transiberiano, treinta y ocho muertos en el impacto y 150 producto de la hipotermia. No logro recordar el lugar exacto, ¿a diez kilómetros del poblado de Kashmin o cerca de la ribera congelada del Tennessee? —Moví los hombros en señal de completa ignorancia o completa indiferencia—. Sí que resulta significativo el año 1960, fue cuando se fundó la biblioteca municipal, no en vano tu madre lo señaló como el inicio de la línea de tiempo.

Mientras Sergio hablaba yo arremetía contra la ensalada de papas, el arroz blanco y las croquetas de queso.

Si algo le gusta a mi amigo Sergio es hablar.

Si algo me gusta es disfrutar de un almuerzo gratis en el comedor de la escuela primaria municipal.

Él quiso contarme de los productos que se obtienen de la leche de la cabra siberiana, de los poderes antioxidantes del queso de búfalo y de los ritos que noche tras noche practican los escasos pobladores de la Siberia para cumplir con los dioses, para convocar la buena suerte.

Le pedí que se enfocara en el libro perdido de Borges.

Me aseguró que el volumen no era una enciclopedia infinita, sino una biblia y que tal objeto monstruoso pertenecía estrictamente al mundo de la ficción.

—De acuerdo con la historia del relato, un vendedor de biblias tocó a las puertas del personaje, éste lo invitó a pasar, le convidó una copa de vino, o algo parecido a una copa de vino, examinó las ediciones y no se decidió por ninguna hasta que el vendedor le mostró el libro infinito. El personaje dedicó tanto tiempo al estudio del volumen que se olvidó de comer, de bañarse, de dormir; perdió a su amante, a sus amigos, y al punto de la exasperación, de la locura, decidió deshacerse del libro...

—Y lo escondió en una biblioteca de Buenos Aires.

—Exacto —exclamó mi amigo— ése es, en síntesis, el relato de Borges.

—¿No crees que pudo haber sido autobiográfico?

—Lo dudo, además, ¿cómo pudo saltar ese título desde Buenos Aires a este pueblo olvidado?

—La vida da tantas vueltas...

—Tantas vueltas —repitió Sergio—. Si quieres podemos ir hasta la biblioteca, conozco una chica que trabaja allí —dicho esto enterró el tenedor en la ensalada de papas—, es la época

—dijo en voz baja antes de llevarse el primer trozo a la boca.

3. La biblioteca municipal poseía tres salas: una infantil, una juvenil y otra dedicada a los libros para adultos. Me acerqué despacio, con cautela y sigilo, como imagino se debe haber acercado Borges a su biblioteca en Buenos Aires, cuando decidió esconder el libro infinito entre los anaqueles de una estantería olvidaba.

De niño, mientras estudiaba en la enseñanza primaria, me llevaban una vez por semana a la biblioteca.

La visita constaba de tres enclaves: uno en la sala de proyección, donde nos sentaban en el suelo para ver una película muy vieja en la que los soldados soviéticos siempre resultaban vencedores. Otra en la sala de lecturas en la que nos entregaban una revista de historietas y donde, de forma invariable, el lobo (cual símbolo del capitalismo) intentaba comerse a la liebre (como símbolo de la nueva sociedad) y ésta última sobrevivía, a golpe de inteligencia y pequeños instantes de lucidez, como así de pequeños suelen ser (para una liebre) los instantes de lucidez.

La tercera parada era en el patio, después de algunos juegos tontos, la maestra nos repartía la merienda: pan con mantequilla y refresco de fresa, cada semana pan con mantequilla y refresco de fresa.

Sergio preguntó por su amiga, que se llamaba Yuseini, o Yuleisi, o Yolesi, no lo recuerdo con exactitud. La chica era rubia o casi rubia. Nos convidó a sentarnos en una de las incómodas mesas de lectura, y mientras Sergio le hablaba de mi sueño, de la biblia de Borges y quizás también de la voz juvenil de mi madre, yo miraba los altos anaqueles, los afiches en la pared, los extractores de aire caliente girando de modo acompasado, con parsimonia, desgano e inseguridad, los rayos de luz que se proyectaban en el pasillo y el rostro aburrido de la recepcionista, que a cada rato levantaba el auricular del teléfono, como comprobando que el aparato tuviera tono, y luego lo volvía a colgar.

—A cada rato nos llega una donación —dijo la chica—: libros de cocina desde Antofagasta; mapas demográficos de Bangladesh; textos de autoayuda desde Dinamarca o novelas de espionaje desde Turquía, pero nunca he oído hablar de una donación argentina. Sería maravilloso, imagina cuán buena sería esta biblioteca si nos llegara una docena de revistas argentinas. Si algo me gusta —confesó la chica en voz baja— son las revistas de Buenos Aires.

—¿Hace cuánto que trabajas aquí? —Le pregunté.

—Un año —dijo la chica y su voz sufrió un cambio, su cara adquirió cierta dosis de tristeza y en sus ojos se notó un raro centelleo, mezcla de hastío y cavilación—. Quizás si visitan al fundador, al maestro Jorge Andrade.

—¿El maestro Jorge Andrade? —Preguntó Sergio.

—Ese mismo.

—¿No es que estaba muerto? —Inquirió mi amigo.

—Creo que no —dijo la bibliotecaria—, si alguien sabe de libros viejos y raros es él. Cuando se jubiló le obsequiaron algunos volúmenes que ya nadie solicitaba, vive cerca de...

—Frente a la fábrica de guantes, la caza azul de madera, la que tiene dos plantas —apunté.

—Eso —dijo Yuseini, o Yuleisi, o Yolesi, que nos despidió con un beso y miró a mi amigo con picardía, o con algo parecido a la picardía.

4. El maestro Jorge Andrade fue director, durante mucho tiempo, de la escuela primaria municipal, flautista de la banda de conciertos, presidente del club de ajedrez, secretario del

núcleo del partido comunista y jefe de sala en la biblioteca. Todos en el pueblo conocíamos al maestro Jorge Andrade, y como sospechaba Sergio, el tipo, tristemente, había muerto.

En la casa de madera nos recibió la nieta, una chica de preparatoria que definitivamente no conocía a Borges, pero recordaba donde guardaba su abuelo los libros importantes, los que su madre no se atrevía a echar a la basura, ésos que acompañaron al abuelo hasta sus últimos días.

La muchacha nos pidió que pasáramos y tomáramos asiento. Dijo que se llamaba Surima, o Sarima o Zulema, no lo recuerdo con exactitud. Nos preguntó si queríamos tomar algo, un vaso de agua, una limonada, un refresco de fresa... Me adelanté y le dije que cualquier cosa menos un refresco de fresa.

—Qué raro —exclamó la chica—. Si algo me gusta es el refresco de fresa. Ahora mismo les preparo una limonada —y caminó hasta la cocina, o hasta el sitio donde imaginé que estaría la cocina.

Mientras yo miraba a trasluz los cubitos de hielo dentro del vaso, Sergio le hablaba a la chica del libro infinito y del poder adivinatorio de los sueños. Ella nos contó que poseía un sueño recurrente: viajaba en un tren a toda velocidad, a través de la ventana podía ver como se repetía el paisaje idéntico o casi idéntico, y en algún instante del trayecto se perdía su equipaje, la maleta azul, la maleta roja y la mochila a cuadros amarillos y verdes.

—Todo —dijo la chica—, todo el equipaje se me pierde. ¿Acaso sabes qué significa? —Le preguntó a Sergio.

Él se cruzó de hombros. Yo también.

Pensé en decirle que, según Freud, los sueños, mayormente, están vinculados con la sexualidad, pero me pareció que no sería apropiado para una muchacha de preparatoria. Por otra parte, me traería conflictos propios, traería a colación las líneas que conectaban al libro infinito con mi personalidad sexual; de cualquier modo, Surima, o Sarima o Zulema cambió el tópico de conversación. Dijo que, en su casa, bajo ningún concepto habría una biblia, sus padres eran militantes y ella recién había ingresado a la Unión de Jóvenes Comunistas.

Luego nos condujo al cuarto de su abuelo. Nos advirtió que podíamos observar los libros, pero sin hacer desorden.

—Mi mamá no lo permitiría —y nos dejó solos, en el cuarto de Jorge Andrade, ese tipo que fue mi profesor de Matemáticas en la escuela primaria, mi instructor de ajedrez de los martes en la tarde y uno de los represores del partido; uno de los que les prohibían a mi padre y a mi madre que mantuvieran correspondencia con sus amigos fuera de la Isla.

5. El cuarto parecía muy limpio para alguien que hubiera muerto hace ya (¿cuánto dijo la muchacha?) diez años. De la pared colgaba un calendario de 1970 y un afiche del Presidente de la República.

Sergio comenzó a perorar sobre los acontecimientos más importantes del año: fue cuando repararon el puente que cruza las sucias aguas del río Bélico, cuando acoplaron las máquinas de helados frente al parque central, cuando reclutaron a todos los hombres para la zafra de los diez millones.

Le pedí que se enfocara en los libros y revisamos de forma minuciosa tanto el librero como una caja repleta de informes, planillas y diarios.

De Argentina sólo encontramos tres libros: una novela de Julio Cortázar, un libro de cuentos de Juan Carlos Onetti y un poemario de un tal Robert Arlt, un poeta del cual nunca habíamos oído hablar.

Comencé a dar vueltas por la habitación. A ratos miraba sobre la mesita de centro, bajo la cama o en el respaldar del butacón de lectura. Mientras tanto, Sergio inspeccionaba el armario y una agenda roja de tapas duras, donde el hombre anotaba todas las sospechas de conductas ideológicamente no correctas que cometían, en inocentes deslices, los miembros de su núcleo del partido.

En la tercera o cuarta vuelta noté una mancha rara en la pared, un olor tenue a desinfectante de hospital y un mosaico del suelo que se balanceaba cuando le colocaba el pie encima.

Llamé a Sergio y le dije que había visto la situación un montón de veces en las películas.

—La gente siempre esconde lo más importante bajo los tablones del suelo, como mi abuelo.

—Como tu abuelo —repitió Sergio y me ayudó a levantar con cuidado el mosaico.

Debajo había un compartimento estrecho y oscuro. Metí la mano bajo el riesgo de que hubiera cucarachas, hormigas, ratones o gusanos. Extraje con cuidado un paquete envuelto en nailon, volví a meter las manos y palpé las paredes del rectángulo.

—¿Nada más? —Preguntó Sergio.

—Nada más.

Él cerró la puerta del cuarto sin hacer ruido y me pidió que abriera el paquete.

Dentro del nailon había una caja de zapatos. La colocamos bajo la luz que se filtraba a través de las ranuras en la puerta.

La iluminación del bombillo en el techo era escaza y vacilante, tal parecía que se estuviera apagando de a poco.

La giré un poco, no pesaba demasiado. Antes de quitar la tapa Sergio quiso hablar de la Caja de Pandora, de la expulsión de Adán y Eva del Paraíso, del origen etimológico de esa frase: «la curiosidad mató al gato», pero le advertí que hiciera silencio.

Fui colocando cada objeto sobre el suelo. Encontramos una medalla al valor de la batalla de Playa Girón, una estampa de la Caridad del Cobre, un sello postal con el rostro de Lenin, dos revistas pornográficas y una biblia de hojas con rebordes dorados, de tapas absolutamente negras, como debió haber sido el libro perdido de Borges; pero a diferencia de aquél, éste tenía una página inicial con dedicatoria incluida: *Para que nunca olvides las sagradas escrituras, de tu hermana en la fe, Mónica, mes cuarto del año 1960 del señor*, y una página final (un poco más cuidada, quizás, que las del resto del volumen).

Un poco desilusionado guardé todo dentro de la caja, la caja dentro del agujero del suelo y sobrepuse el mosaico justo en el lugar en el que estaba.

Sergio me recordó que la historia de Borges no era autobiográfica y me pidió que no le dijera nada a la muchacha, no debíamos colocar manchas sobre el expediente de su abuelo; la pobre estaba ilusionada, recién había ingresado a la Unión de Jóvenes Comunistas.

6. Mi madre, a tropezones, me dijo que ya estaba lista la cena, que el agua estaba caliente en el baño, que el potaje le había quedado riquísimo, que el tío Julián vendría a visitarnos el próximo domingo, que justo esa noche trasmitían el capítulo final de la telenovela, que la radio se le descompuso —por algún raro motivo no sintoniza la emisora local donde ofrecen el parte del tiempo y la lista de productos que llegaron a la bodega—, que el hijo de los Martínez atrapó una paloma blanca, bellísima; que Juana, la dependienta de

la cafetería Las Arecas le aseguró que habría un corte de luz al día siguiente desde las siete de la mañana hasta las dos de la tarde, que su nevera no estaba para tales sustos, que a Julito, el nieto de Rebeca, le llegó una citación para el servicio militar, que mientras dormía la siesta tuvo un sueño rarísimo: un tipo tocaba a la puerta, vendía libros de uso, libros muy extraños y tenía un acento muy raro, como si fuera colombiano o argentino...

—¿Y qué le dijiste? —Pregunté.

—Que se marchara, que en esta casa no comprábamos libros y mucho menos a extranjeros

—Pero mamá...

—Era un sueño, hijo, sólo un sueño.

Me senté a la mesa frente al plato de chícharos. Acompañé a mi madre a ver el capítulo final de la telenovela, el programa de cine nacional, el último corte de noticias, y regresé al cuarto bien tarde, con la determinación de que al día siguiente recorrería toda la casa en busca de tablones o mosaicos que se balancearan bajo el peso de mis pies.

Alfonsina

José Gaona
México

Alfonsina

Dicen que fue allá por los últimos años de la Revolución, cuando ya el General había reclamado la silla y los federales andaban cazando a los pocos caudillos que quedaban. Fueron tiempos espantosos, las balaceras se armaban en los montes y las rancherías, y era peor cuando tocaba en medio de los pueblos; los pelones llegaban con un revuelo de polvo, gritos y fuego, con sus pesadas botas resonando sobre el empedrado de las plazas, y disparando sus carabinas a todo lo que se moviera. Las gentes corrían aterradas y los cuerpos caían ahí donde la muerte los tomaba repentinamente. Fue en una de esas ocasiones que el destino encontró a Alfonsina. Se dijo que unos fugitivos de la «bola» se habían ocultado en el pueblo, pero apenas se vieron descubiertos intentaron repeler al ejército, desatando con ello el infierno en las calles.

Sin embargo, otros contaron que no había tales fugitivos y que los federales andaban borrachos y habían comenzado a soltar bala por pura diversión; la verdad de lo que ocurrió jamás se supo y a estas alturas poco importa. Todo había sucedido muy rápido. De pronto se escuchó el estruendo de las carabinas como truenos retumbando en medio de una mañana tranquila y calurosa. La muchedumbre gritaba horrorizada y corría en busca de escondite. Y Alfonsina, que venía de hacer los mandados en el mercado, fue alcanzada por las balas en medio de la calle, muy cerca ya de su casa. Quedó tendida sobre el polvo recalentado por el sol, con su carita pálida como la cera, sus oscuras trenzas de niña asomando bajo el reboso, y el morral a un lado con el nixtamal y los chiles secos regados sobre un charco escarlata que se fue formando junto al pequeño cuerpo.

Fue una terrible tragedia para el pueblo. Alfonsinita, como solían decirle, andaba apenas en las quince primaveras y era la niña más hermosa que se había visto en aquellos lares, la más alegre en las fiestas patronales y la más devota en las misas matinales. Todo el mundo la apreciaba y la comparaba con un ángel, y en verdad habría que haberla visto paseando feliz y cándida por las polvorientas calles del pueblo, regalando sonrisas a todo el que se cruzaba en su camino, para convencerse de que realmente se trataba de una criatura divina.

Por ello, no hubo quien no sintiera una pena profunda en el corazón cuando la noticia de la tragedia se esparció como reguero de pólvora. Pero para nadie resultó más dolorosa que para el pobre Nicolás. A él le fueron a avisar poco después. Se vino del campo a toda prisa como alma desquiciada, y apenas la vio se derrumbó sobre el cuerpo gritando y llorando enloquecido. Era muy joven también, apenas unos años mayor que ella, pero ya andaban en planes de matrimonio. Solamente esperaban a que Nicolás juntara algunos dineros para irse a vivir a las afueras del pueblo, en una modesta casa de adobe que no hacía mucho había mandado a levantar el padre de Nicolás.

—Ora que junte lo de mis faenas te voy a comprar un vestido blanco, de ésos que traen las señoras de la capital —solía prometerle Nicolás cuando se daban sus escapadas al monte—. Ya verás, te vas a ver re chula toda de blanco, como un verdadero ángel, con tus trenzas bajo el velo, tus trencitas de niña, mi niña, mi Alfonsinita.

Nicolás no volvió a ser el mismo después de la tragedia, se alejó de los suyos y jamás hizo familia con alguna otra mujer. Muy por el contrario, iba todos los días a la tumba de Alfonsina y se quedaba sentado ante el túmulo de tierra coronado por una solitaria cruz de hierro, hasta que el sol se ocultaba en el horizonte. Nunca se había puesto lápida a la sepultura, pues eran días de carestía y hambre, y al cabo de un tiempo los estragos de la Revolución terminaron por llevarse a casi todos los familiares de la joven, de manera que no hubo quien viera por el santo sepulcro además de Nicolás, que se pasaba las horas contemplando la cruz, y a veces se tendía y palpaba la tierra musitando cosas dulces como si ella aún estuviera allí para escucharle. Y en verdad Nicolás sentía que Alfonsina seguía con él, que de alguna manera el amor tan grande que sentía por ella no le había permitido marcharse, y entonces le hablaba a la sepultura, reía y murmuraba palabras de amor, reiterando aquellas promesas de matrimonio que tiempo atrás susurrara al oído de la joven, mientras le acariciaba el cabello arreglado en unas trenzas negras como la noche y ella sonreía con ese gesto infantil que él tanto adoraba.

Cierta noche, muchos años después, Nicolás despertó agitado en medio de la oscuridad y empapado en un sudor frío. Había sentido algo, un presentimiento en sus sueños. Alfonsina lo había estado llamando, estaba seguro. Y aún le llamaba, podía sentirlo. Se levantó y se puso sus ropas de manta rápidamente. Tomó su azada y agarró camino del cementerio. Era una noche fría y ventosa, pero cuando Nicolás llegó ante el sepulcro seguía empapado en sudor.

—Ya estoy aquí, mi niña —había murmurado entre

jadeos, cuando comenzó a golpear el montículo con la azada—. Mi Alfonsinita, todos creyeron que habías hecho aquel largo viaje a la oscuridad de donde no hay retorno, pero yo siempre supe la verdad. Y aquí estoy, mi niña, ya he venido por ti.

No fue una tarea fácil, había pasado mucho tiempo y Nicolás ahora era un hombre encorvado y enjuto, con el cabello gris y el rostro moreno y curtido por las largas e interminables faenas al sol. La tierra estaba dura y el viento arreciaba, pero Nicolás no arredró. Le parecía oír la dulce voz de la joven pronunciar su nombre allá abajo, en la profunda oscuridad, así que persistió. Usaba la azada para suavizar y soltar la tierra y luego la removía con sus propias manos, sin detenerse, ni siquiera cuando se desgarró la piel de los dedos artríticos. Entonces, al fin dio con la caja, y cuando la abrió ayudándose con la misma azada —pues permanecía fuertemente sellada—, cayó de rodillas y soltó el llanto, porque allí, en medio de sedas y encajes, estaba Alfonsina: su hermoso rostro aparecía pálido, casi traslúcido bajo la luz de la luna, y contrastaba con el negro intenso de su cabello, el cual yacía sujeto a la nuca en un par de trenzas infantiles. Y así, soltando lágrimas de felicidad, Nicolás se inclinó y regaló a su amada, una vez más, con tiernas caricias...

***

El anciano guardó silencio y levantó la mirada de su botella, al fondo de la cual aún quedaba un trago de oscura cerveza. La cantina olía a sudor, moho, madera rancia y orina. Sus compañeros de mesa, con los rostros congestionados por el alcohol, dormitaban cansinamente sobre las sillas, o al menos así lo hacían aquellos que no habían caído al suelo perdidos en un sueño etílico. Más allá, otros parroquianos se entretenían jugando dominó o empinando sus botellas. Nadie le prestaba atención. Entonces, el anciano dio cuenta del último trago y se levantó pesadamente, tomando de la mesa su sombrero de palma. Estaba por marcharse cuando escuchó que alguien le increpaba con voz pastosa:

—Pero si de veras tantos años habían pasado —el parroquiano se detuvo para soltar un par de hipidos—, ese Nicolás no debió más que encontrar los puros huesos de la difuntita, ¿qué no?

El anciano se volvió y miró a aquel hombre que hacía esfuerzos por mantenerse en la silla, los ojos hinchados y la cara lívida.

—Ella lo estuvo esperando —respondió—. Cuando el amor es tan grande, ni la muerte puede separar a dos almas destinadas a estar juntas.

—¡Qué va! ¡Son sandeces! —Le espetó el otro—. ¡Puras sandeces las que dices, viejo borracho! —Y se interrumpió para hipar de nuevo.

El anciano no se molestó en discutir, giró en redondo y salió de la cantina a enfrentarse con la noche solitaria.

Afuera soplaba una ligera brisa nocturna. Torpemente, trastabillando y arrastrando los pies sobre el empedrado, el anciano deambuló por el laberinto de calles oscuras y vacías, jalonadas por casas vetustas que se apiñaban unas sobre otras. Por fin llegó a las afueras del pueblo y se encaminó por un sendero serpenteante y polvoriento. Lejos, en los remotos pastizales, algún coyote entonaba su lúgubre canto a la luna. Un trecho más allá, sobre una loma poblada de matorrales y al amparo de un mezquital, se encontraba su casa, una vieja edificación de adobe y muros encalados. La ajada puerta chirrió quejumbrosa cuando el anciano, con los mismos pasos cansinos y desmañados, entró y se abrió paso por el interior hacia su dormitorio. La luna derramaba haces de luz lechosa y fría a través de las ventanas, pero el dormitorio, situado en el rincón más profundo de la casa, permanecía en absolutas tinieblas. Con toda la calma del mundo, el anciano se quitó el sombrero y las sandalias y se dejó caer sobre el catre que crujió escandalosamente bajo su peso.

A un lado estaba el cuerpo, infecto y tumefacto bajo el sucio vestido negro. Una pieza que en otros tiempos había sido hermosa con sus bellos bordados, amplia falda y escarolas en los puños, pero que ahora apenas guardaba algo de su antiguo esplendor bajo el polvo y la glutinosa inmundicia exudada por la descomposición.

Un hedor a podredumbre, a carne corrupta, inundaba la estancia.

El anciano se acomodó de cara al cuerpo y buscó a tientas hasta sentir aquellas tiesas hebras recogidas en una trenza.

—Ya estoy de vuelta —susurró tiernamente; él mismo percibía su aliento etílico, pero el alcohol nada tenía que ver con aquellas palabras que salían sinceras de su corazón—. Ora que junte unos dineros te voy a comprar tu vestido blanco. Ya verás, te vas a ver re chula toda de blanco, como un verdadero ángel, con tus trenzas negras bajo el velo, tus trencitas de niña, mi niña, mi Alfonsinita.

***

En la densa negrura de la noche se escuchó un ruido nauseabundo, un crujido húmedo y grotesco, cuando el rostro descarnado se volvió y cuando unos ojos lechosos y putrefactos buscaron al anciano. Un quejido ronco y gutural, como venido de alguna profundidad cavernosa, manó de aquella boca sin labios y se elevó hasta llenar con su eco lacerante la insondable oscuridad.

Lo de Joszi

Malú González
Chile

Lo de Joszi

Ya ves, Joszi, que para algunos juguetes sí que hacía falta hacerse grande. Yo que te veía gigante, que veía gigantes tus manotas color nieve cuando amenazaban con hundirme la cabeza en el lago, ahora me parece que eran hebras de lana cargando el hierro frío del Páncélrém que te dieron para jugar a la guerra. Claro que en ese entonces no se me hubiese ocurrido. Yo quería tus juguetes, pero tus juguetes querían vidas.

No debería escribirte esto, y si madre lo leyera me arrancaría la hoja de las manos. Pero lo cierto es que te tengo rabia, Joszi. A ratos te tengo rabia, sobre todo cuando me tira la piel y siento que me queda chica para tanta carne, como el cuero de una maleta con exceso de equipaje. Pero qué saco con decirte que pudiste haberte ido un poco después, que pudiste haber esperado al menos a que mi cuerpo alcanzara las dimensiones de un hombre o un casi hombre, y que entonces ahora la sangre me cabría, los litros y litros de sangre adulta que deben extraerme a diario cabrían en este pellejo de niño que dejó de expandirse desde lo tuyo. Así le dicen en casa hasta el día de hoy. Lo de Joszi. Igual que lo mío. La tirria que le tiene esta familia a decirle pan al pan.

Pese a todo, madre está mejor, creo que le ha hecho bien el cambio de aire. Cada cierto tiempo voy a verla a lo de tía Szilvia y salimos a caminar hasta que el camino se nos cansa o nos detenemos en alguna callejuela a comer kurtos. Ella se los come con nueces, como te gustaban a ti. Todavía le pasa eso de querer cargarme en brazos cuando me ve llegar. Yo a veces le sigo la corriente, pero otras, en esos días en que todo me sabe a mierda, le digo por favor, suéltame, suéltame mamá. ¿Cuándo vas a aceptarlo, no ves que me haces sentir aún más pequeño?

Es posible que sepas mejor que yo lo que es vivir con poco espacio. Imagínate que ese poco espacio fueras tú mismo. Tu propia tumba sin aire. Cuando corro, el corazón se me infla y puedo ver su relieve en el lado izquierdo de mi pecho y no sé, pienso que me voy a morir, pienso que si me muero al menos tendré compañía. Entonces llega padre, me toma la mano y me la pone sobre el pecho. ¿Ves cómo está liso, niño loco? Me abraza y yo trato de quedarme con lo de «loco» en vez de con lo de «niño».

Acabo de pararme a buscar otro frasco de tinta. Todavía la guardamos en el mismo lugar, en el cajón más alto del estante de padre donde tú no entendías que se guardaran esas cosas. Es extraño, estiro los brazos y siento que debieran llegar mucho más lejos, como cuando me heredaban tus abrigos y las mangas me quedaban largas. Ese tramo entre el final de mi mano y el final de la tela, recordatorio eterno de que a mi edad eras más alto. Levantar el brazo, tocar la puerta con el puño de piel mientras que mis dedos iban siempre un paso atrás. Esto es más o menos lo mismo. Acaso semejante a lo que siente alguien al que le faltan miembros y aún conserva el impulso de moverlos cuando recién despierta, hasta que el residuo del sueño se termina y cae en la cuenta de que ya no están. Por cierto, eso también me pasa contigo.

Algo de lo que te reirías: me meto a la tina y ver mi pene de roedor no hace más que entristecerme. A veces pienso que mi cuerpo entero es una erección fallida. El otro día se lo dije a Aneska y le hizo muchísima gracia. Desde entonces, me dice el japonés. Está linda, Aneska, muy linda. Hace poco me contó que cuando niños (bueno, cuando ella era niña) estaba enamorada de ti y que una vez que vino a nuestra casa se robó una foto tuya y la guardó bajo la almohada. Le pregunté si aún tenía esa foto, pero me dijo que no, y su cara se puso triste y entendí que era mejor que habláramos de otra cosa.

Reconozco que durante años te creí un imbécil, pero ahora puedo entender ese orgullo que emanabas al ponerte el uniforme. Nunca antes lo pensé así, no hasta ahora, hasta que supe lo que era sentirme inútil.

Como era de esperarse, Baltar se hará cargo del taller. Cuando padre me lo dijo yo ya le había pegado a la pared lo suficiente como para responderle con toda la calma posible que lo entendía, que era lo natural y que no me iba a resentir con él ni nada de eso. Pero le mentí. Me levanté de la silla y caminé directamente hacia mi clóset para empacar mi ropa e irme donde madre. No lo hice. Al día siguiente me regaló una de las motos que recién había arreglado con Baltar. Al principio me enojó bastante el gesto, esta suerte de regalo culposo y por lo demás absurdo, pero luego vi la moto y se me pasó. Y dónde quedó todo ese orgullo, dirías tú, pero qué más quieres, tengo diecisiete, Joszi.

Te digo yo que en este cuerpo no cabría tanto orgullo.

Te dejo una foto mía con la moto. Tú búrlate si quieres, pero podría jurar que hoy mis pies están más cerca de los pedales.

Quizá, sin saberlo te lo debo a ti. Me gusta pensar que es porque volviste, que andas por ahí en forma de roble o de halcón o de alguna especie que vive mucho y que ahora que regresaste, yo por fin voy a poder seguir creciendo.

Budapest, Hungría, 1952.

Cristo amarillo

Denisse Beltrán
México

Cristo amarillo

Le pido cada noche al Cristo de la pared que me ayude. Yo sé que tal vez no puede hacerlo porque tiene ambas manos atravesadas en clavos, pero aun así, me arrodillo y lo miro. Señor Cristo, mañana viene mi papá a verme y no he mejorado. Y como es el hijo de Dios, es muy educado y me responde a pesar de su dolor: bueno, y a mí quién me ayuda. Tiene razón. Quisiera bajarlo de ahí y curarlo con pomada de la campana, recostarlo un rato sin la corona de espinas y darle ropa de la que me queda grande; entonces despertaría repuesto, seríamos amigos y con su poder me salvaría.

Nada de eso pasa porque si me atrevo a tocarlo vendrán a llevárselo y tengo miedo a la noche sin él, a la noche sin nadie que es la más larga y triste. Mi hermano se murió de noche, ahogado con sus flemas. Lo acostaron a mi lado envuelto en una cobija de cuadros porque acababa de nacer. Lo quería mucho, le contaba cosas y no lloraba si le cantaba al oído y lo arrullaba en mis brazos cuando nadie veía. Yo sabía cómo agarrarle la cabeza porque miraba a mi mamá, aunque me dijeron que era muy importante que no lo cargara, no querían que se me cayera. Y hacía un ruido mientras dormía y nunca lloraba si estaba yo.

De todas formas se murió. Dijo mi mamá —y todos— que Dios necesitaba un angelito. Pero yo sé que no es cierto, Él tiene muchos. Y me enojé con el señor Cristo de la pared y traté de bajarlo para romperlo; entonces vino mi abuela y cuando supo lo que hacía me pegó con el cable de la lámpara y lo colgaron más alto para protegerlo de mí. Dormí muchas noches dándole la espalda, temblando de frío, sin mi hermano para abrazar y sin nadie para contarle nada.

Bueno, señor Cristo, le dije un día que ya no pude más, te perdono, pero con una condición, que me dejes morirme con mi hermano. Se quedó callado, estuve esperando pero sólo se quedó colgado en lo alto. Pensé entonces que no era su culpa, y tal vez no encontraba la forma para pedirme perdón. Está bien, seguí diciendo. Me duele, dijo muy bajito.

A mí también.

Le hablé de mi hermano, de mi mamá y mi papá que casi no están, y de mis abuelos que odio. Antes no. Iba al cuarto de mi abuelo y me enseñaba a jugar ajedrez y me contaba cuentos de cuando era niño. Antes era mejor, las cosas siempre parecen mejores antes, dice él, yo también perdí muchos hermanos. Sé que es cierto porque lo dice mirando por la ventana para que yo no me dé cuenta que llora. La verdad es que un día cualquiera, si exprimes de más la memoria termina gastada y seca. Yo trato de mover mi caballo para comerme su torre sin que se dé cuenta, y le digo que si mi hermano de verdad es un ángel no va a dejar que se me gaste nada. Mi abuelo se ríe.

Después dejé de ir porque un día desperté sin quererlo. Algo pasó y no recuerdo bien, sólo me acuerdo que estaba lloviendo. Señor Cristo, él es muy viejo y le duelen los huesos con la humedad. Ven aquí, me decía, y yo me senté en su regazo. Me duele aquí, no, aquí, no... justo aquí, ¿ves?

Y entonces no sé, no me acuerdo, algo.

Son mentiras, pinche mocoso, grita mi abuela. Le dice a mi papá que no estoy bien, primero queriendo romper imágenes sagradas y luego inventando cosas, quién sabe si no habrá sido él quien ahogó al bebé. Nada de eso es cierto porque yo quería a mi hermano, y les digo, pero no me escuchan. Me encierran aquí contigo, señor Cristo, por culpa de mi abuelo y su dolor que no sé aliviar.

Señor Cristo, quiero morirme.

Yo también, me contesta, pero aquí sigo, sin terminar de desangrarme.

El doctor escribe en una libreta negra mientras me pregunta más y más. Pero yo no le digo todo, no le digo que tengo sueños con mi hermano que crece y juega conmigo y escapamos de la casa y matamos a mi abuelo. Hay que distinguir lo que pasa en nuestra mente y lo que es real ¿entiendes? Dime, tú qué crees que es real.

No le digo nada.

Mi abuela y mi mamá vienen muchas veces y preguntan lo mismo: cuándo voy a dejar de decir mentiras. Así que dejé de decir algo. Me dormí temprano y desperté sin acordarme de nada. Eso respondí al doctor: no me acuerdo. Y me dejaron un rato en paz.

Luego mi abuelo volvió a echar todo a perder.

Está enfermo en su cama. Dicen que no falta mucho y que quiere despedirse de toda su familia. Vinieron mis tíos y los primos que no me hacen caso porque no hablan español, y todos tuvimos que estar ahí y decirle algo, uno por uno. Yo no quiero, pero me toman de la mano y me cargan para sentarme a su lado. Huele a farmacia. Dale un beso en la frente, me ordena alguien. Y otro alguien empuja mi cabeza y no sé por qué pero me dieron ganas de vomitar. La tarde que llovía hizo eso, mi abuelo empujó mi cabeza. Lo recuerdo y no vomito, pero cuando tengo su cara cerca lo muerdo hasta sacarle sangre.

Hijo de toda tu chingada madre, gritan todos.

Pero no él. Él se echa a llorar cuando me sacan arrastrando, estira la mano sin limpiarse la cara y por un momento que no dura nada me da lástima. Perdóname, alcanzo a escuchar. Después regreso al cuarto y no puedo levantarle la mirada a mi papá, que me pega en la cara y en donde puede. Trato de explicarle lo de mi cabeza, pero se va y estoy tan enojado con todos que no puedo respirar.

Deja que me vaya, señor Cristo, vámonos. Esta vez no espero su respuesta, no lo dejo hablar. Está colgado sobre la cabecera, si salto en la cama podré bajarlo y llevarlo conmigo a otra parte, a donde sea. Ven, le digo, no alcanzo. Me estiro y brinco lo más que puedo, toco la punta de la cruz con los dedos y ya se está balanceando hacia mí, sólo que no como yo esperaba; se lanza con sus brazos extendidos y me cae en la cara y caemos juntos para azotar en el piso. El señor Cristo azota en el suelo con un golpe que resuena en el cuarto y me resuena por dentro como la mañana que desperté abrazando a mi hermano frío.

Quedó sin cabeza y con medio brazo, estaba hueco por dentro. Aunque me lastimé corrí a buscar los pedazos. Y quise llorar, pero no pude.

***

Viene un sacerdote al velorio de mi abuelo, que se hace en la casa. Yo no he hecho la primera comunión, pero la abuela le pide que me confiese y él dice que está bien. Te puedes sentar en mi regazo, y de inmediato la abuela me jala y me sienta en las piernas del padre y me dice que sea bueno y no diga mentiras.

¿Sabes que debemos perdonar? ¿Sabes que tu abuelo se confesó conmigo y ahora está en el cielo porque le pidió perdón a Dios? Yo entonces lo miro y no entiendo. No, padre, él no puede ir al cielo porque ahí vive mi hermano. Todos los hombres arrepentidos se merecen la vida eterna, así como tú cuando seas grande y debas morir para estar con ellos. No, padre, le digo más fuerte, yo no voy a ir al cielo, iré con el señor Cristo y nunca voy a perdonar a nadie.

Ya siento que va a regañarme y estoy listo para irme, no me gusta estar sentado así. Mira, me susurra, está bien si no te confiesas porque eso es para los grandes, pero dime por qué dices esas cosas tan malas. Yo estoy cansado y sigo triste por el Cristo roto que pegaron con Kola Loka y se ve raro; estoy triste y se lo digo y me pregunta otra vez por qué.

Y entonces se lo digo pero muy bajito porque a un lado de nosotros alguien llora, y le digo del dolor de mi abuelo y lo que pasaba después, y recuerdo bien y también se lo digo pero ya no me quedan ganas de hablar y luego yo soy el que llora y el padre me abraza y yo no quiero que me suelte y no son como los abrazos de mi abuelo porque... y luego me dice que lo siente mucho y que no puede hacer nada para arreglarlo y yo no digo nada porque tengo algo así como hipo pero es que lloro y el padre me sujeta fuerte y me promete que Dios y el señor Cristo serán buenos y que los niños no deben estar nunca tristes, y lo quise como no quise nunca a mis papás y no quiero que me suelte porque tengo tanta tristeza, papá, por qué nunca me abrazaste tú si sabías que soy pequeño y tengo miedo cuando el abuelo dice que tiene dolor y yo no puedo quitarle el dolor y el padre me pide que me calme y yo no quiero que me suelte y luego viene la abuela y dice que qué vergüenza y que tengo que irme a dormir pero yo tengo miedo de dormir y soñar con el abuelo y el padre me abraza más fuerte y si se va yo sé que tengo que morirme junto con mi hermano y me llevan porque estoy llorando a gritos y el padre trata de detenerla pero ella es fuerte y me carga, me deja en el cuarto y yo recuerdo todo y no puedo, y ya no hay cristo en la pared y estoy solo y mi hermano está muerto y golpeo la puerta para que me abran y que el padre me abrace porque nadie me abraza y yo no sé dónde estás papá, ven, ya no puedo y entonces está oscuro y es la noche y estoy solo y mi papá y mi mamá y mi hermano y el padre y grito y el señor Cristo nunca hizo nada y estaba en la pared y no hizo nada y recuerdo su cabeza en el suelo y entonces sé que era como mis juguetes que se mueven cuando yo les digo pero no cuando se quedan solos y yo estoy solo y el cristo nunca vino ni dejó que me muriera y yo quiero morirme porque no quiero recordar pero recuerdo al abuelo y no quiero recordar el dolor, me duele, papá, ven, venga, padre, ya no me mientan porque estoy solo y yo sé lo que pasó y no quiero saber, porque no entiendo y lloro.

Porque no entiendo y lloro. Pero sé. Yo sé.

Sé lo que pasó.

Dos argumentos incongruentes

Felipe Romero
México

Sumario de incongruencias en el argumento

La calle es un pescado muerto. Abanicos de escamas, ojos amarillos que escupen una cafetería y una tienda de antigüedades, muy hacia la izquierda. Faros y espinas, ahí es donde acostumbra caerle el sol al animal inerte. Lejos, demasiado como para podérsele ver, el mar. La ventana me sirve solamente, entre otras cosas, para que mi cuarto no se invada de sal. Mientras leo o repaso los bordes de una taza de café, me llega el olor. Putrefacto, siniestro. Tocan la puerta, al otro lado un traje gris, corbata negra y camisa blanca. Glup, dice el pez. Se quita el sombrero, pase usted. Sirvo otra taza y hablamos del clima, sólo por hablar de algo. Es bien sabido que conversar sobre ese tema no resulta interesante, pero hacerlo ha salvado vidas y unido naciones. ¿Le gusta el jazz? No le gusta, ¡pero si es Marion Brown, por el amor de Dios! (Tenía razón al decir que la Tierra volaba). Saca un cigarro del bolsillo interior del saco (un cigarro para peces). Conecta la punta a la llama de un encendedor. Mire usted, a lo que vengo: tiene que desalojar el cuarto en siete días, de no hacerse así, vendremos nosotros mismos a sacarlo.

Qué remedio. Se levanta, yo hago lo mismo. Que tenga usted una hermosa tarde, el sombrero otra vez coronándole la cabeza. Le doy la mano y ahí estoy, preciosamente dibujado en lo negro de sus ojos. Glup, dice el pez. Qué remedio, qué remedio. Veo al otro lado de la ventana al traje gris alejándose en un carrito blanco, despidiendo listones de humo. Adiós, hasta pronto. Hoy es viernes 9: para el 16 estaré pescando salmones, recogiendo el periódico en Madrid o tomando el sol a la orilla de un puente. De cualquier forma no me considero un hombre de planes. Será lo que tenga que ser. La llamo: ¿Dafne?, ¿Felipe? Mira que es lindo saludarte. ¿Qué quieres? No me lo vas a creer. ¿Te echaron de tu cuarto? Es un departamento, Dafne, a las cosas por su nombre. Como quieras llamarlo, pero te echaron, ¿no? Necesito que me ayudes. Ya estoy viviendo con alguien, Felipe. ¿Tan pronto me reemplazaste? No es ningún reemplazo; me quiere y yo a él. Qué poco valen para ti las personas. ¿Para eso llamaste? Discúlpame: verás, de verdad necesito tu ayuda, puedo asegurarte que no les representaré mayor incomodidad, ya sabes que soy discreto y no requiero de mucho espacio para existir. Felipe, no. Mira, dame unos días, cuatro, y te prometo que será la última vez que sabrás de mí. ¿Me lo prometes? La veré el domingo, pues no pienso hacer uso del personal de mudanzas que el traje gris tan cortésmente me ofreció. Tomo café con leche y dejo que la madrugada vaya descarapelando la pared llena de fotografías. Hubiera sido lindo tener ahí algún gato o a Dafne, pero las medias de mujer siempre me han parecido los modelos más fascinantes y mejor comportados del medio. Lo cierto es que la vida es linda si se la vive cortés y decorosamente. A mí me basta con tener ojos y manos, o en su defecto, con ser alguna clase de plasta de sentidos y vibraciones que pueda alimentarse de vez en cuando. Y qué tanta suerte he tenido, que nunca me he visto en la necesidad de apelar por la segunda alternativa. El sábado se nos escapa a Nosferatu, a Marcello Mastroianni y a mí. Qué buenos amigos hace uno cuando no se sale de casa. En las noches no puedo dormir. Algunos lo toman como un acto subversivo, pero a mí las reglas no me interesan, ni para romperlas ni para acatarlas; el punto es que vivo con cierta incapacidad para conciliar el sueño. Hola, Dafne, cuánto tiempo. Pasa. Qué lindo tu cuarto. Es un departamento, Felipe. ¿No te parece que hoy está haciendo mucho calor? Cosa extraña, pues ayer a estas horas a uno le temblaban los huesos del frío. Mira, te presento a Alejandro. Glup, dice Alejandro. Mucho gusto. Nos damos la mano. ¿No te conozco de otra parte? Glup, dice Alejandro. Te juro que tu cara me suena, me suena muchísimo. Glup, dice Alejandro. Qué simpático es tu novio. Vas a estar en el cuarto del fondo, camina hacia allá y es la última puerta, a la derecha. No sabes cuánto te agradezco esto. Cuatro días, Felipe, y te vas. Como lo prometí, y sabes que soy un hombre de palabra. Son las tres cuarenta de la tarde y estamos comiendo pasta; mientras Dafne explica cómo la ha preparado, yo no presto atención. ¿Y a qué te dedicas? Soy escritor, pero de los malos, de ésos que nunca mencionan en las discusiones literarias, ¿y tú, Alejandro? Soy psicólogo, pero actualmente doy clases de alemán en una preparatoria. Privada, me imagino. Naturalmente. Qué fantástico trabajo, mi amigo. Glup, dice Alejandro. ¿No has vuelto a tener novia? No, Dafne, no, para esas cosas se requiere tiempo y yo no lo tengo de sobra, además que la fotografía de medias va maravillosamente, ¿alguna vez te mostré mi colección? Sí, solías hacerlo. Qué lindas son las medias de mujer, qué cosas tan enigmáticas, tan magnéticas, tan parsimoniosas. Alejandro, ¿a ti te gustan las medias de mujer? Amor, se me hace tarde, ya me voy para la escuela. Que te vaya excelente, corazón. Labios contra labios, esa húmeda costumbre que suele conocerse como beso. Atraviesa la puerta, adiós Alejandro. Bueno, lavas los trastes y te terminas de instalar en el cuarto. ¿No quieres platicar?, o escuchar música: hace no demasiado adquirí un disco sublime y muero porque lo escuches. No tengo tiempo. Antes siempre tenías tiempo para escuchar música. Antes, tú lo has dicho. Me da la espalda, desnudo fragmento de piel cercado por tela de manta. Con la ayuda del pegamento, instalo mis fotos en el techo (ya veré cómo quitarlas cuando llegue el momento en que sea necesario). Recostado, enmendando las líneas de piernas que con pobreza logran trazar mis ojos. Es de noche, y yo golpeo una taza de café con la uña del índice derecho. Alex, ¿cómo te fue hoy? Un día normal, mi vida. Yo estuve pintando nuestro cuarto. ¿Pero de este color, Dafne? Ya verás que con el tiempo vas a terminar adorándolo. Quedamos en que ambos íbamos a decidir el color. Pero llevábamos casi tres semanas en puros planes y no hacíamos nada. Todo tiene que hacerse con tiempo, corazón. Ya que terminé haciéndolo sola, por lo menos dame un poquito de crédito, ¿no? Lo hiciste porque tú quisiste hacerlo. Cucharas percuten contra platos de loza, agua cae dentro de una jarra, vórtices rojos, patas de silla mordiendo el suelo. Discúlpame si me alteré, amor. No importa. Dafne acostumbraba decir eso. No importa, Felipe, no importa. Pero sí importaba, claro que importaba. Siempre era así. Sus lunares, una hora incumplida, pintura entre las pestañas. La vida era abundante en importancia, un flujo infinito de preocupaciones y menesteres. A mí pocas cosas me importan: podrían ser diez o siete. Cerca de diecinueve me interesan, y sólo veintidós me gustan. El resto son torpes excusas que la gente se inventa para moverse de un lado a otro, evitando siempre encontrarse un día con un revolver debajo de la almohada. Pero sabes que está ahí, sabes que debajo de la almohada hay un revolver (si tú mismo fuiste quien lo compró, idiota). Yo por eso levito cautelosamente sobre las calles de pescados muertos, de ratas enfermas, de perros atropellados. El arte de vivir es levitar sobre las azoteas de edificios y sobre los parques y sobre las piscinas comunitarias. Alejandro, pasa algo, algo muy importante. Dime, mi vida. Estoy embarazada. Silencio prolongado, silencio y los tintineos de uña derecha contra porcelana. Dafne, ¿hablas en serio? ¿Crees que iba a bromear con algo así? No me malentiendas. Pero cómo no te voy a malentender, carajo, si hasta blanco te pusiste. Es de la impresión, Dafne, no me dices cualquier cosa. Pues bueno, evítate tus impresiones, porque yo no tengo la necesidad de verte feliz para tener a mi hijo. Nuestro hijo. No, mío, de nadie más, no quiero que venga a la vida de nadie como un accidente. No es un accidente, mi vida, es la mejor noticia que me han dado. Déjate de hipocresías. Carajo, Dafne, estoy hablando en serio. Pero si estás llorando. Lloro de felicidad, mi vida. ¿De verdad, amor? Me haces el hombre más feliz del mundo. Alejandro, te amo. Concierto para manos y sudoraciones. Que los ojos esto, que las piernas aquello, que los dientes tal cosa. Que el engullir de pito, que el succionar de coño. Aquel disco del que hablé, ¿no es algo hermoso Marion Brown? ¿No es maravillosa la vida cuando puede escucharse un saxofón deliciosamente ejecutado? Felipe, apaga esa chingadera ya. Dafne, amor, antes siempre tenías tiempo para escuchar música. Al otro lado de la puerta, un pez se traga la mitad inferior de Dafne. Aquello es una voluptuosidad de vainilla y escamas, de carne color plata y de una sábana blanca que palpita. Dafne tiene un animal casi muerto encima, escupiéndole las entrañas, regurgitándole los órganos en el rostro, en los pechos. Vertiéndole agua salada a través de los bronquios, en unas hemorragias que se repiten cada determinada cantidad de segundos. La luna rompe la ventana y se ancla a sus cuerpos desnudos en delgados pilares de luz. Ambos unidos por algo similar al pegamento que une mis fotos con el techo. Felipe, estás enfermo. Lárgate, lárgate de aquí ya. Ya, ya, ya. Lárgate, chingada madre. Lárgate. Nunca regreses. Nunca. Intento arrancar mi colección de medias, pero supongo que ahora son suyas. La calle se alarga, deshilachándose en línea recta, naciendo desde el vientre en descomposición de una paloma. Las plumas se las está llevando el viento, en pequeños grupos de cuatro o cinco plumas cada uno. Y es lindo su baile, su tempo medido por el silbar de cuarto para las diez. Es linda la forma en la que las plumas se van levitando sobre las azoteas de edificios, sobrepasando trajes grises hasta dar contra la superficie del mar, tibia y cautelosamente indiferente. Ellas levitan y qué más da. Qué más da si van siete meses acumulados de no pagar tu coche, qué más da si te detectaron cáncer de próstata, qué más da si no has encontrado la forma adecuada para cruzar la noche a salvo (ese irritante diálogo entre el ensueño y una almohada).

El arte de vivir es aprender a levitar.

Felipe no contesta el teléfono

Lo vi deshacerse de su cuerpo. Lo vi quitarse la voz y ponerla en el marco de la ventana.

Lo vi irse.

Lo vi mientras se iba haciendo más y más tarde, mientras el domingo se le desfiguraba en las manos cansadas. Todo es difícil, repetía. La cosa está muy difícil.

Le vi la exasperación, le vi dibujándole surcos en los ojos, a tal punto que la mirada le era ya una obscura respuesta a la respiración. Miraba como una silla mira a un gato. Como Felipe miraba a Felipe, mientras los dos se van despidiendo sin decir esas cosas que acostumbran decirse cuando la gente se despide.

Le vi en la tarde. Le vi en treinta minutos. Le vi a las once de la noche, un uno grabado en cada bulto de carne debajo de los ojos. Cuando llegó hizo como si el tiempo no pasara, como si el tiempo no fuera aquel puñal sinuoso que nos dejaba pálidos y cada vez más desentendidos el uno del otro.

Lo vi en mi casa. Mi casa, no la suya. No la nuestra. Estaba sin voz, sin mirada, sin Felipe. En medio de su vegetación de cosas y palabras familiares. Da lo mismo, pensé. Da lo mismo si está aquí. Pero no, no estaba. Se había ido. Y yo lo había visto todo.

Llegaba el sábado temprano. En la tarde, la mañana del domingo. Esos últimos pedacitos que ya se van infiltrando en el lunes. Estoy afuera, Felipe. Pero no estaba. No había nadie. Sólo el desolado vaivén de otro día que Felipe no contestaba el teléfono. Da lo mismo, pensé.

Estoy afuera, Felipe. Estoy afuera, otro mensaje. Después, otro. El mismo. A veces da miedo el sólo hecho de atravesar la puerta y que nadie esté al otro lado. O que, sin más, le veas el rostro a un espejo. A Felipe siempre lo veo, cuando logro verlo, entre espejos. Entre flujos de nuestra propia carne; entre espejos.

Y entonces lo vi.

Lo vi deshacerse de su cuerpo. Lo vi quitarse la voz y ponerla en el marco de la ventana.

Lo vi irse.

Lo vi finalmente tomarse las entrañas y despojarlas de todo ese artefacto que le servía como apariencia.

Lo vi sacarse de la frente el nombre que compartíamos como signo incómodo. El nombre esporas, el nombre palpitar de sangre coagulada. El nombre: único territorio de nuestros encuentros. Del magnetismo que una serie de letras les da a dos personas.

Lo vi quedarse callado, sin el intento de escandalizar su silencio. Lo vi cerrar la boca, cerrar los pulmones, cerrar las arterias. Una puerta cerrada, que nunca se abre y nunca esconde nada detrás de ella. Ni espejos, ni ausencias. Ni Felipe. Ni nada.

Lo vi irse, haciéndose cada vez más periférico vacío, de noche. Porque a nadie se le ocurrió pasar por el periférico o por el puente o por el retorno. No, a nadie. Sólo a él. No; sólo nada.

Lo vi irse.

Luego, ya no. Luego, no pude ver nada.

Sólo vi la pared; la mesa con trastes sucios; el librero de madera; el puente y el alumbrado público diseminado a través de él.

Sólo vi la desproporción entre el marco de la ventana y la luz que podría llegar desde afuera; más marco que luz; más marco que ventana; más marco que noche.

Y su voz, ¿cuál voz? ¿De quién? ¿Quién habla si no soy yo mismo llamando un nombre al cual sólo yo respondo? ¿Y cuál nombre llamo si sólo queda una voz abandonada en el marco de la ventana?

Es lunes. Es sábado, es domingo. Es un día de no esperar a nadie. Una mañana que se hace tarde, que se hace noche. Que se hace mañana.

No vi nada ni a nadie.

Sólo veo un nombre mirarse en el reflejo del suelo. Como enfermo, como miasma. Como nombre amordazado a la no presencia de la carne. Un nombre que es el mío.

El suyo.

El nuestro.

Don Destino

Escalera de gato

Beatriz Cadavid
Colombia

Don Destino

—Si crees que tus problemas se terminaron, no conoces a don Destino —dijo mi abuela con una voz socarrona y tibia, que tanto sonaba a augurio como a amenaza. Ésas no fueron sus últimas palabras, pero sí las últimas que yo le oí y las que más recuerdo, porque fueron ambas cosas: augurio y amenaza. Mi abuela, aunque me odiara, era sabia, o quizá, sin *aunque*, era sabia y me odiaba. En su piel de pergamino se leían toda clase de jeroglíficos, y frente a ella se tenía la impresión de estar observando un documento antiguo, doctrinal y sagrado, que sin duda no podía equivocarse, pero mi confianza, apenas estrenada, logró que mirara su sentencia con desdén.

Desde que me habían dado de alta en el centro psiquiátrico había sentido que la vida iba a dar un giro y que por fin encontraría mi oportunidad. No es que la terapia hubiera conseguido —por sí misma— resolver mis problemas, pero el tiempo que permanecí internada me sirvió para pensar, para mirar mis cartas y volver a barajarlas, y entre las cosas que aprendí, creo, estaba esta nueva confianza en los demás, en la vida y sobre todo en mí. Ingresé al hospital en tal estado de destrucción que nadie habría apostado un centavo a que me recuperaría. Aunque era una adicta de la peor clase mi adicción no eran las drogas, como podrían indicar algunos de mis síntomas, era la dependencia, la constante evasión de la realidad que desembocaba en ensueños y alucinaciones, era la incapacidad para el autocontrol que fluía entre la depresión y la rabia —pasando por ciertos estados de euforia—, era la vergüenza inequívoca de mi existencia y el miedo constante a vivir. Mi adicción eran la tragedia y el pesimismo, que seguro provenían de un complejo de culpa jamás superado. No sé. En verdad no creo que hubiera comprendido las causas de mi enfermedad, y tampoco me hallaba convencida de estar enferma, sólo porque veía con claridad que casi todo lo que me rodeaba era doloroso, que casi todo fracasa, que casi todo es injusto y que hay algo que ha ido muy mal en el ejercicio de nuestra humanidad durante los últimos cinco mil años. En ese sentido, no me había curado y, sin embargo, había conseguido algo de valor y algo de esperanza durante mi tiempo de encierro. En mi niñez fui lastimada como todos los niños. Es decir, se me mintió, se me habló de las maravillas del futuro, se me contaron finales felices y se arremetió contra mi naturaleza con el pretexto de la educación, igual que a cualquier otra niña normal e infeliz; pero al contrario de la mayoría, yo no tenía esa incomparable capacidad de recuperación que distingue a los chicos y les permite reír entre lágrimas y empezar de nuevo. Y si hubiera tenido esa capacidad, mi abuela se habría encargado de cercenarla. Mi abuela, al igual que yo, era una escéptica de la alegría, y la única razón por la que no sufría era porque había logrado odiar sin tregua aquello que todo el mundo ama, y se había hecho inmune a la ternura y al amor, mismas que consideraba como las más despreciables debilidades que pueden existir. Ella trató de advertirme, y le respondí con desdén porque era la primera vez en años que no pensaba que morir sería lo mejor, y que quedaba una razón para continuar.

Después de juntar mis cosas y echar mano de mis ahorros que tenía consignados en una cuenta secreta, me fui a vivir sola a la edad de 32 años y le dije a mi abuela que podía desheredarme, que me iba a buscar mi vida, que ya no quería más de aquella sustancia con la que ella envenenaba mi alegría. La verdad, abuela, es que no quiero más problemas, le dije. Ella me habló del destino, don Destino, según lo denominaba, y me avisó con el silencio de sus ojos turbios que no podría sustraerme pues estaba condenada desde siempre.

No duraron mucho: mi abuela y mi desdén murieron el mismo día. Ella, de una ruidosa apoplejía; él, de una sobredosis de terror. Mi abuela se sentó en mi cama diez minutos después de haber fallecido al otro lado de la ciudad. Lo sé porque el médico se encontraba a su lado y registró con exactitud la hora del deceso, a las dos y cincuenta de la misma noche en la que, a las tres en punto, mi reloj digital iluminaba su encorvada silueta y reflejaba en su cara, como en un espejo con la imagen invertida, los palitos de verde fluorescente correspondientes a las tres. Tenía en las manos un viejo rollo de pliegos amarillentos, que bien podrían haber sido parte del hallazgo del Mar Muerto, dada su apariencia frágil e inquebrantable. Los desenrolló despacio, casi ceremonial, y empezó a hacer la plástica de una lectura en voz alta. Desde luego, me perdí confundida entre el sueño y el ruido indefinible y perpetuo de la Bogotá nocturna, apaciguada y soterrada, saboreando su dolor de madrugada.

A las tres y diez estaba despierta, curioseando en los detalles de la rara pesadilla y preguntándome si mi certeza sobre la hora, reflejada al revés en la cara de mi abuela, no era la prueba absoluta de que estaba dormida, ya que es casi imposible leer en un espejo, y menos al despertar. No obstante, la sensación de su peso en mi colchón, la conciencia de su cercanía y hasta su olor rancio francés me habían parecido reales. Desde luego, los espejos no son mi fuerte, de tal modo que cuando voy manejando para lo único que me sirven los retrovisores es para maquillarme, y no puedo dejar de sacar la cabeza por la ventanilla para mirar atrás. Era, pues, un sueño, concluí, y me levanté algo inquieta, segura de que al abrir la ventana se despejaría el sopor y saldría de mi alcoba ese olor rancio y francés.

Más tarde pensé en don Destino porque lo vi pasearse por la avenida, frío y nebuloso, levantando a su paso periódicos y deshechos y esparciendo el olor a humanidad dormida, y porque una figura lejana —don Destino sin duda en otra de sus formas—, arrastraba un carrito de balines que hacía un ruido de ésos a los que llaman infernales, y yo sabía sin verlo que iba lleno de olvidos que habrían de ser reciclados. De vez en cuando pasaba otro indigente con igual equipaje y la misma actitud de jorobado, y mis ojos le seguían el rumbo hasta que se lo robaba la bruma. Entonces el cielo empezó a palidecer, a arrastrar desechos de noche y reciclar oscuridad para darle paso al nuevo día. El teléfono timbró antes de las cinco, y la enfermera de turno me dijo que mi abuela había muerto durante la noche. Lo cierto es que casi me sorprendió, aunque la vieja estuviera en las últimas desde hacía tiempo y, aunque la pesadilla debió parecerme premonitoria de la noticia, el hecho, en todo caso, ocurrió antes de la premonición. La sensación fue de alivio, como cuando se termina de escribir un trabajo obligatorio y aburrido y se van a redactar las conclusiones que se sabían de antemano. Mi abuela, la del odio feroz, se había ido y el mundo sin ella sería —sin duda— un lugar mejor. Dejar el mundo mejor que cuando llegaste, aunque sea nada más porque al fin te vas, eso es justificar la existencia.

Era domingo y tenía tres días justos para resolver todos los asuntos que aún me ligaban a mi abuela. Si todo salía como esperaba, el miércoles estaría trabajando en la editorial... bueno, si la entrevista del lunes iba bien y el martes se legalizaba mi contrato. Hacía casi tres años que estaba desempleada y me encontraba ansiosa y eufórica ante la perspectiva de volver a la vida laboral. No era el gran empleo, pero era, y por otra parte me gustaba, pues se trataba de libros y palabras y en el fondo se podría resumir que mi oficio consistiría en leer. Leer, notar con encarnizado empeño lo que estaba mal y corregir, corregir, corregir; y para ello no existirían muchos límites, pues el trabajo incluía desde ortografía hasta estilo. Hasta mis peores defectos, la minuciosidad de mi espíritu rumiante, la capacidad para detectar y reseñar engendros, iban a jugar a mi favor en un trabajo así.

Cuando leí la partida de defunción tuve el primer amago de miedo, no hacia mi abuela, que en todo caso en vida había sido todo lo temible que se pueda ser. Tuve miedo del destino, porque supe que algo malo iba a pasar, presentí que su presencia póstuma en mi alcoba era el anuncio de un nuevo desmoronamiento. Me temblaron las manos y los labios y releí la hora mientras reconocía en ello la señal de un nuevo advenimiento de la desgracia. Era mi vieja adicción que me tentaba, que me ofrecía, en la recaída, la embriaguez temporal de un muro de lamentaciones. Concentré toda mi atención en oponer resistencia, y el júbilo de saber que mi abuela estaba muerta centelló en mi interior. Me sobrepuse a la sensación de miedo y le pedí al médico que confirmara con exactitud la hora de la muerte. Intenté no rumiar el hecho de que su visita se hubiera dado después y no antes de morir. No había duda: había fallecido diez minutos antes de las tres. Me encogí de hombros, de hombros para fuera, y pensé que, si no lo nombraba, se iría. Me ocupé con los preparativos del traslado del cuerpo y del funeral, me impuse la obligación de hacer con propiedad mi papel de única heredera, de deuda y de sobreviviente, y pasé por alto —como pude— el aguijonazo del miedo. Desde la habitación me comuniqué con el doctor Rubiano, el abogado de mi abuela, y también hablé a la funeraria para concertar una cita entre las tres partes. Ésta quedó acordada para las once de esa mañana. Desde allí me encaminé a la morgue para tramitar el retiro del cadáver.

Sería retórico decir que mi abuela nunca me quiso cuando está claro que me odiaba, pero a la vez es redundante. Mi abuela no quería, simplemente. Tuvo que hacerse cargo de mí cuando a mis once años murieron mis padres y yo me convertí para ella en eso, en una carga, pero también en la lamentable prueba de la afrenta que le causó mi padre cuando eligió por esposa a la hija del chofer de su casa y rechazó, por amor, el destino que su sabiduría le había predestinado. Él aceptó el castigo y se sumó a la lista de desheredados que ella guardaba con cuidado en su tocador y en su conciencia, y que incluía a todos sus demás familiares. La decisión de mi padre tuvo que ver con el amor, desde luego, pero también con el hecho de que yo ya venía en camino. Eso lo supe después de sus labios que, curvados en una risa amarga, repetían con frecuencia que su desafortunado hijo embarazó a la sirvienta.

Poco o nada supe de la existencia de mi abuela hasta después del accidente del que fui la única sobreviviente, o casi. Entendí muy pronto que mi arribo era una sentencia a su vida y que su casa no era más que mi condena. Es el destino, decía, que siempre se sale con la suya y me obliga a criar a la hija de la sirvienta. También me culpaba del accidente y me recriminaba por haberle robado a su hijo dos veces.

Puede sentirse el frío desde que se ingresa al sótano

del depósito, por eso me pareció extraño que empezara a arderme la cara como si tuviera fiebre. Una sensación de calor me invadió y me puse a sudar mientras completaba el recorrido. Todo era tan típicamente lúgubre, tan pródigo de baldosín blanco y tan injustamente silencioso, que tuve ganas de aplaudir al creador del escenario. Avancé por el corredor y casi tropecé con un sarcófago de brillante y pulido aluminio, cuando al final del pasillo tuve que girar para llegar a la puerta. Pulsé el timbre y me asomé por el pequeño vidrio que apenas permitía ver hacia adentro. Aun así observé a la inmensa muerte que allí se asentaba. Esperé unos segundos hasta que se acercó un empleado que me pidió un par de datos y me hizo pasar.

El hombre me miró con una clara extrañeza, y supe que había algo en mi rostro que llamaba su atención poderosamente, pues sus palabras venían mezcladas con la intención contenida de preguntar qué es eso que tiene ahí, o qué es eso que le falta. Fue tan obvio que me llevé la mano al punto que me indicaban sus ojos y mis dedos palparon una serie de rugosidades e inflamaciones en mi mejilla izquierda.

—Debe ser una alergia —dijo—, puede pasar en estados nerviosos.

—No sufro de los nervios —le aseguré con cierta violencia, que denunciaba a las claras que mentía.

—Claro que no, pero es un momento difícil, ¿no? —Respondió blanqueando los ojos con más indiferencia que verdadera molestia.

No respondí. Le alargué los papeles y esperé a que fuera él quien hiciera su trabajo. Papeles en mano, entró en una especie de cuartito, y mientras tanto busqué mi reflejo en un espejo que colgaba de la pared. Servía más bien como instrumento de vigilancia. ¿Quién allí iba a necesitar un espejo? Aun a esa distancia, noté el verdugón que se había formado en mi cara y me di un masaje lento y vigoroso. Caminé hasta el espejo para ver de cerca los resultados y casi sonreí al notar que la inflamación disminuía. Había una mesa a mi espalda y sobre ella, como en el sueño, enrollados y amarillentos, estaban los pergaminos de mi abuela. Me volví con brusquedad, pero cuando divisé el punto que correspondía al reflejo los rollos habían desaparecido. Debí hacer una espasmódica inspiración, porque el hombre se asomó a la salita y me miró desconcertado. Sostuve su mirada con un involuntario gesto de culpabilidad y deseé con todas mis fuerzas no estar allí y que nada de aquello estuviera pasando. Después me di cuenta de que más que verme a mí, sus ojos estaban clavados en el espejo, y giré la cabeza en esa dirección para descubrir que se había resquebrajado, dibujando una telaraña de caminos encontrados.

—¿Qué pasó? ¿Qué le hizo al espejo? —Me interrogó.

—No he hecho nada... el espejo estaba bien.

—Claro que estaba bien. ¿Por qué lo rompió?

—Le digo que no fui yo. De verdad no lo hice —repuse al borde del llanto.

—Sí, ya veo —admitió meneando la cabeza, y volvió a su oficio levantando las cejas.

No quise quedarme a solas con el espejo, así que corrí sin detenerme hasta que llegué a una especie de almacén repleto de cajas y cajas apiladas hasta el techo. Tuve que pedir ayuda para orientarme y salir de allí, y cuando estuve de regreso en la recepción del hospital decidí escapar y seguí derecho hasta el parqueadero, donde busqué mi carro para volver a casa.

El resto del domingo lo pasé entre echar y sacar ropa de la lavadora, brillar la cristalería y enderezar la multitud de cuadros, estatuillas y jarrones que invaden mi apartamento. El teléfono debió sonar unas cincuenta veces, pero lo dejé timbrar todas y no le bajé el volumen, pues quería medir la cuantía de lo que representaba mi ausencia. Hacia las siete me acordé de que no había comido en todo el día y entonces preparé un sándwich con lechuga, tomate y pollo desmenuzado, y me senté a mordisquearlo frente al televisor. Alisté la ropa que llevaría al día siguiente a mi entrevista, me di un baño largo y reconfortante y cubrí con crema antialérgica mi desafortunado lamparón facial. Me quedé dormida contando los repiques del teléfono y un sueño plano, vacío y sereno, me sumergió.

Ese lunes desperté muy tarde. Eran casi las nueve y mi entrevista estaba concertada para las diez. Me levanté asustada y llegué hasta la ducha ya desnuda y dispuesta, pero me detuvo lo que vi en el espejo del baño. Tenía toda la cara enrojecida y la inflamación de la mejilla estaba totalmente erupcionada y cubierta de vejigas acuosas y brillantes que parecían a punto de reventar. Lo pensé mejor. Ni siquiera con un maquillaje profesional —que tardaría más de una hora en colocarme— conseguiría un aspecto presentable para acudir a la entrevista y bueno, mi abuela había muerto el día anterior. Seguramente, ésa era una excusa apropiada para cancelar la entrevista. Volví a vestirme con mi pijama y llamé a la oficina del director.

Después de una fluida conversación, adornada de pésames y usuales comentarios de libreto —forzosos en estos casos—, el director pospuso mi cita para el miércoles, pues el martes, comentó exhaustivo, se hallaría por fuera, en una supervisión de mercado, dijo, y se mostró complacido con el hecho de que ello me daría un día más para solucionar mis asuntos. Nos despedimos muy cordiales, y casi me sentí aliviada de no tener que salir en ese estado ni ese día ni el siguiente. De todos modos no iba a asistir al funeral, y que el teléfono se cansara de sonar. Hice planes para pasarme las horas en grande: ante todo comida, pues de pronto tenía un apetito desaforado. Libros, películas, tal vez una botella de vino después de una caminata a lo largo de la avenida hasta el Parque Nacional, y de regreso un paseo de aprovisionamiento en el supermercado. Amparada, desde luego, en un cálido anonimato que me permitía deambular sin ajustarme a un nombre o a un rol.

Un desayuno abundante, dispuesto con gracia en la bandeja y disfrutado debajo de las cobijas, fue el inicio de mi extraña celebración. Entretanto, estaría mi abuela yerta y grisácea a punto de hacer su último recorrido por la ciudad. Desde la funeraria San Ignacio hasta el Jardín de los Recuerdos, según me parecía recordar. Pero mi abuela yerta y grisácea se las arregló para evadirse de su funeral, y no bien terminé mi desayuno, tras dormitar arrullada por el ruido del televisor, tocó mi hombro y me meció en la espesura de la duermevela para entregarme los papiros mientras ejecutaba, otra vez, la mímica de la lectura. Desperté de golpe y vi en la pantalla del televisor que pasaban un documental sobre el pasado geológico de Marte. No sé de qué manera eso podía haber influido en mi sueño, porque sin duda había sido un sueño, no había otra explicación. De todos modos, me levanté y decidí ducharme para disipar los fantasmas de la modorra.

La erupción pareció mejorar, lo que me animó a adelantar la caminata, pues en todo caso tenía que hacer las compras, si es que quería almorzar como es debido. Tomé la avenida hacia el sur por la acera de abajo. En Bogotá, abajo reemplaza a occidente y arriba a oriente, porque la ciudad se va encaramando en las montañas a medida que se avanza hacia el este. Habría andado tres o cuatro cuadras cuando un cortejo fúnebre me salió al paso en contravía. Claro que no podía ser «ese» cortejo fúnebre si tomaba en cuenta que la San Ignacio quedaba al norte de donde me encontraba y el cementerio más al norte todavía. Claro que con mi abuela no se sabía, y desde los carros empezaron a mirarme, como si me reconocieran, un sinfín de ojos secos y anónimos que emitían en silencio un juicio punzante, como preguntándome qué hacía yo en sudadera y tenis yendo en la dirección contraria de la caravana. Empecé a correr, a devorar distancias con los pies mientras mis labios murmuraban plegarias, con mis ojos que lanzaban miradas en picada, con el corazón que latía a metros adelante, empecé a correr sin pensar que no había dado la vuelta, que me estaba alejando de mi casa, porque regresar equivalía a no dejar atrás el cortejo fúnebre. Entonces comprendí que el pánico había empezado el día anterior y que todo lo que había intentado, en vano, según ahora se veía, era disfrazarlo de presunta calma. Me ardía la mejilla y no necesité un espejo para saber que el brote había recrudecido.

De vuelta en el apartamento lo comprobé. Ahora la lesión lucía amoratada y se notaban escaldaduras en la piel, como si algunos poros hubieran estallado. Ah, don Destino, a qué estábamos jugando... o más bien, a que estábamos jugando y que seguramente yo iba a perder. Sin víveres y sin vino, me dejé envolver por las notas de la «Diana triste», que confundía en una sola agonía la de Luis A. Calvo, la mía y la de todas las víctimas de don Destino. Bien entrada la tarde quise salir, pero no tuve valor para traspasar el umbral. El color amarillento del cielo, las nubes que se cernían sobre las montañas, el humo que se acumulaba en el horizonte, convocado por el germen de una siniestra infección, la sola idea del crepúsculo que prometía venir, todos me disuadieron. Pedí una pizza a domicilio y me senté a esperarla en la ventana para que no me sobresaltara el timbre del citófono o pudiera confundirlo con el del teléfono.

Mi madre murió de inmediato. Mi padre quedó malherido y pudo haber salido del carro antes de que estallara, pero gastó esos minutos de gracia en desatorar la puerta para que yo pudiera escapar. Busca ayuda, dijo, y ésas fueron sus últimas palabras. Empecé a trepar por la pendiente mientras el carrotanque que nos había estrellado y se había ido por el barranco —llevándonos por delante— ya estaba envuelto en llamas. Escuché claramente un par de explosiones antes de desmayarme. Cuando volví a abrir los ojos no pude ver claramente ni escuchar sonido alguno. El mundo era un revoltijo de sombras, sirenas, gritos y siluetas que se mezclaban entre sí. No podía ver ni oír, pero olía. Era una máquina de oler el humo negro y la vida calcinada. Días después olí por primera vez su perfume: rancio y francés.

El chico llegó con el pedido casi media hora después y se excusó por la tardanza aduciendo que el tráfico estaba muy pesado y que había tropezado con tres o cuatro entierros que le trancaban el paso.

—Parece que estuvieran enterrando a todo el mundo hoy —me dijo encogiéndose de hombros.

—Por lo menos al mar Muerto —comenté—. Y lo llevan por etapas.

Se quedó callado, y al cabo de unos segundos sonrió complacido, no con mi apunte, sino con él mismo, que por fin lo había entendido.

—Ya entendí —me explicó y me alargó la caja.

—Eso crees tú, pero no estés tan seguro.

—No, claro que no —dijo a manera de disculpa y yo sonreí porque eso sí que no iba a entenderlo.

Seguro en la pizzería le habían enseñado que el cliente

siempre tiene la razón. Por otra parte, a mí me habían enseñado en el sanatorio todo lo contrario.

El teléfono sonó y él hizo ademán de marcharse, pero lo retuve apretándole el brazo. Le supliqué con la cabeza que esperara a que el ruido terminara y ambos nos miramos incómodos mientras duró.

—A veces uno no quiere contestar, ¿cierto?

—Casi nunca, para ser exactos.

Se marchó dejándome una sensación de soledad tan profunda que parecía como si en esa breve conversación hubiéramos logrado la verdadera, la privilegiada comunión. Entonces mi abuela, don Destino o como se llame, andaba desfilando por la ciudad de arriba abajo, de norte a sur, para impedir que yo pudiera saciar mi hambre.

El martes fue igual. No fui capaz de salir y todas las veces que dormí, de día o de noche, la mano de mi abuela me despertó empecinada en hacerme recibir los pergaminos. En el espejo, haciendo el control de lo que más que un brote, ahora era una llaga, vi su cara preocupada, la que solía mirarme con idéntica expresión en los tiempos previos a mi crisis mental, translúcida y distorsionada. Al muchacho que me llevó la pizza, que no era el mismo del lunes, le pregunté si se había encontrado con algún cortejo fúnebre, y me contestó que era bien raro que lo preguntara, pues en realidad habían sido dos. Se nos está llenando de cadáveres el mundo, suspiré, y él me soltó la frase más optimista que he escuchado en mi vida:

—Al menos son cadáveres nuevos, eso ya es algo.

En la noche intenté la lectura de una novela de autor sospechoso, es decir, desconocido, y luego, de un par de revistas, pero fracasé. Toda lectura me traía a la memoria los pergaminos. El problema era que ya no tenía miedo de leerlos, sino que no sentía ni la más mínima curiosidad. Curiosidad, escribí en una hoja suelta y añadí a continuación: s. f. Cosa muerta que no tiene ningún sentido. Me entretuve inventando definiciones: pergamino: s. m. Rollo en el que uno se mete sin culpa y sin invitación. Llaga: s. f. Aspecto que adquieren las caras por causas naturales. Morir: v. Verbo que no se conjuga con la suficiente frecuencia. Ceja: s. f. Conjunto de pelos que se tuercen buscando compañía.

El miércoles ardía en fiebre y ni siquiera recordé lo de la entrevista, no a tiempo para cancelarla, pues eran las cinco de la tarde cuando me percaté del asunto. No habría nadie en la oficina a tal hora, y tendría que esperar hasta el jueves para ir, a riesgo de perder el viaje, pero por lo menos para hacer presencia y pedir una nueva cita. Me corté el pelo frente al espejo en el que mi abuela, tenaz, me ofrecía los pergaminos. La ignoré con impostado cinismo. El jueves amanecí trasquilada y decidí llamar antes para no perder la ida, me dije, pero en realidad tenía miedo de salir y no me parecía justo vencerlo en vano. El director estaba molesto y puso algunos reparos con su tiempo, pero finalmente aceptó que me acercara al otro día en las horas de la tarde, a ver si podía hacerme un espacio en su agenda. Así quedamos, y me pareció que ya la cosa no iba tan mal.

Con todo un día por delante y mi abuela acechándome en todos los rincones del apartamento, lo más fácil era salir, sin identidad, disfrazada de mí misma apenas, y ya tampoco importaba que uno que otro cortejo fúnebre se me cruzara en el camino, si igual me bastaba con ver por la ventana para saber que no terminarían. Me vestí, unté de crema mi creciente llaga, me até el pelo devastado por mi tijera castigadora en una cola de caballo y me puse un grueso impermeable, porque llovía, porque hacía frío y porque ayudaba a disimular la erupción. Antes de irme me cercioré del modo en que dejaba las cosas, no porque en ese momento me inquietara que alguien quisiera revolverlas y hurgar en ellas, sino porque deseaba fijar su aspecto en mi memoria, como si existiera la posibilidad de no volverlas a ver. Me dirigí a la puerta y eché la última mirada, larga, acaparadora, renuente a marcharse conmigo, y salí. Anduve a zancadas hasta el ascensor y pulsé el botón con la flecha hacia abajo. Mientras me adentraba en el cuartito diminuto y menos claustrofóbico gracias a los espejos que cubrían sus paredes, escuché un estruendo que provenía del interior de alguno de los apartamentos. Iba a regresar deprisa, pero la vecina del piso de arriba me detuvo con esa amplia sonrisa de quien finge la alegría.

—Días sin verla, Raquel —exclamó, e hizo el ademán de la sorpresa.

—Buenos días, doña Hilda... es que he estado enferma. Vea usted —le señalé mi mejilla, y ella se quedó mirando sin entender a qué me refería.

—¿Qué? —preguntó por fin algo confusa.

Me miré en uno de los espejos del elevador y mi rostro limpio me asaltó desde el cromo. Apenas un leve rubor en donde segundos antes estaba la lesión.

—Tenía una alergia terrible —me puse a explicarle—, y también fiebre, pero ya me siento mejor.

Me sentía aturdida, me sentía aterrada, me sentía lejos, lejos, lejos...

Salimos del ascensor y la seguí hasta la calle. Bajé junto a ella los seis escalones desde el portal de vidrio y la vi alejarse agitando la mano y excusándose porque iba de afán. Es que tengo un entierro, dijo, y se marchó. Me quedé unos minutos estática mientras la lluvia me azotaba, y con la sensación repetida e inquebrantable de la distancia. Volví sobre mis pasos y me encerré definitivamente, sólo que entonces no lo supe, pues todavía creía que encontraría una forma de escapar. En el departamento que había sido explorado con impudicia, reinaba el desorden. Alguien había revuelto mis cosas y escanciado en los cajones su sed de búsqueda. Sentí en los ojos el dolor de la agresión visual, y en el alma, un dolor estrepitoso que empezó a consolarme de tanto quedarse conmigo. No era tan inusual que todo se volviera de revés: eran los juegos de don Destino y nadie los podía detener. Durante la siguiente semana llamé tres veces a la editorial con excusas rebuscadas e increíbles que agotaron la paciencia del director, quien finalmente me aclaró que la plaza había sido ocupada y me pidió que no volviera a llamar, que él mismo se comunicaría conmigo si se presentaba otra oportunidad. Yo me quedé en mi casa, mi tumba mejor dicho, viendo como el destino, don Destino, horadaba su huella en mi rostro... pero firme y renuente a leer lo que decían los pergaminos. De algún modo siempre he conocido su contenido: don Destino me juzga por creyente. Me condena por haber cometido fe y me dicta por escrito sentencia de vida, a menos que la rehúse, la vida, y me vaya al lado de mi abuela, a su mundo con olor a rancio perpetuo. Don Destino quiere que capitule y firme la capitulación, pero puedo, mientras no haya leído, darles tiempo a las lágrimas y que la fe vuelva a reverdecer. El llanto es la prueba inequívoca de la esperanza, las llagas lo son de la desolación. He reflexionado mucho sobre el hecho de que el único capaz de notar lo que pasaba en mi rostro haya sido el empleado de la morgue. De algo tiene que servir la experiencia con los muertos.

Escalera de gato

Recapitular sí, capitular no, se dijo Sebastián, porque la situación era desesperada y estar de agua hasta el cuello había dejado de ser una metáfora para convertirse en una aplastante realidad. Recapitular era tanto organizar la memoria espacial, que le mostraría su posición actual, como la memoria temporal que le daría una idea de cuánto tiempo le quedaba. Tiempo para salir o para no salir, según si se trataba de recapitular o de capitular. Un re puede ser la diferencia entre la vida y la muerte, pensó con cierto desparpajo, y volvió a recapitular.

Eran las cuatro y diez cuando ambos, Francisco y él, decidieron bajar a inspeccionar el túnel del embalse. Debían buscar en su interior e identificar una filtración de agua que se había presentado en una de las uniones y que había sido denunciada por la tropa de obreros del turno de la mañana. Ésas fueron las órdenes del ingeniero en jefe que Sebastián encontró anotadas en su planilla de control, cerca del mediodía. Sebastián era el capataz de la tropa, pero no se había presentado esa mañana porque estaba comisionado por cuenta de la compañía en el comité de tratamiento de aguas que lideraba la Alcaldía. Era un capataz fuera de lo corriente, un señorito de buena familia, culto y bien hablado, y tanto sus jefes como sus subalternos lo notaban. La inspección se pospuso durante el día, pero no podía hacerse esperar hasta el día siguiente —lo que se calificaría de desidioso—, y por eso a las cuatro y diez pensó que aún era posible bajar sin peligro.

La compuerta de acceso al torrente se abriría en una hora y ése era el lapso preciso y seguro para estar adentro sin correr riesgos. Aun así, el nivel del agua tardaría otros cuarenta y cinco minutos en subir hasta un punto que pudiera considerarse letal, ya que el sistema de la tobera estaba pensado para llenar el conducto de abajo hacia arriba y en forma más o menos lenta. La tobera se encontraba en el otro extremo y era un propulsor a chorro que movía la turbina de la hidroeléctrica. Por ello, acercarse a esa parte del túnel era muy peligroso, aun con muy poco volumen de agua. Si hubiera sabido la hora exacta en que se inundaba el conducto, habría estado más (o menos) tranquilo con respecto al tiempo del que disponía. Pero veamos, recapitulemos.

A las cuatro y diez, con toda certeza —porque miró la hora para comprobar que a las tres y treinta saldría del túnel—, estaría libre para irse a la casa de Namita. Veamos, cinco minutos para recoger los instrumentos y verificar el funcionamiento de la linterna, lo que llevaba escasos dos segundos y que era tiempo de adición pues no los había utilizado, y dos segundos que equivaldrían a una eternidad si no lograba salir. Entraron a la boca del túnel y descendieron por la escalera de gato, primero Francisco y luego él. Veinte, treinta metros de descenso, no podía recordarlo. Otros veinte de marcha horizontal eran como diez o quince minutos más. Fue entonces cuando la linterna de Francisco se apagó y resolvieron traer una de repuesto, por si acaso y, mientras tanto, él continuó el camino horizontal. Francisco se devolvió a tientas, guiándose con la escasa luz de la tarde que entraba por la boca del subterráneo y le pareció que dijo algo de cerrar la tapa para saber que había salido si terminaba la inspección antes de que volviera. Ahí la noción del tiempo se distorsionaba (acaso en soledad el tiempo transcurría de distinto modo) y no podía estar seguro de cuánto había sido. ¿Quince, veinte minutos? Hasta que pensó que su compañero tardaba más de lo debido y tuvo el primer chispazo de esa sensación abrumadora de estar solo. Siguió inspeccionando sin llegar a preocuparse del todo, túnel adentro, más adentro de lo que hubiera querido. Finalmente, dio con la filtración que amenazaba el hormigón alrededor del enorme anillo que, como todos, estaba señalado con un número de referencia. Iba a comprobarlo y a escribirlo en el control, cuando también su linterna se apagó y algo inconmensurable —que no era sólo oscuridad— le cayó de golpe en los ojos y en la cabeza. Disfrazada de adrenalina, una corriente negra le subió y le bajó por el cuerpo y se puso a latir en sus sienes como un organismo vivo. Fue entonces cuando cometió un error fatal y se movió de su ubicación, no mucho, unos centímetros en alguna dirección, los suficientes para perder la perspectiva de su posición con respecto a la salida. La planilla de control y el lapicero se le soltaron de las manos y rebotaron, probablemente a sus pies, pero por la resonancia le pareció que habían caído muy lejos. Un sentimiento de desamparo empezó a deslizársele por dentro y un frío intenso le recorrió la piel. Intentó serenarse y asimiló, a toda velocidad, que era imperativo salir cuanto antes, pero de pronto salir no era una concepción vectorial, es decir con magnitud y dirección, sino que se trataba de una concepción de escalar, de la que apenas se podía calcular el cuánto. Alargó el brazo para tocar la pared y chocó con el vacío. No supo con certeza a donde dirigir el avance sin empezar a caminar en círculos o en sentido contrario. Cuando se apagó la linterna debió estar a un par de metros de la pared, se había alejado para tomar distancia y poder mirar la referencia del anillo de unión. Dos metros podían convertirse en un desierto si elegía el rumbo equivocado ya que el diámetro del conducto hacia el fondo excedía los setenta, de modo que caminar hacia un destino errado bien podría significar estar a cuatro metros de la pared con cuatro metros más de problemas. De igual forma, si lo intentaba de nuevo y volvía a fallar, transformaría en ocho el radio del dilema. Así, cada vez que probara, incrementaría geométricamente su trágico circuito. No obstante, no era una opción quedarse quieto, esperando a que el agua empezara a llenar el túnel y sin saber si alguien iría a socorrerlo. Francisco, claro, pero ¿dónde estaba? Y si no era Francisco no iba a ser nadie, pues ninguna otra persona estaba al tanto de su presencia en el conducto. Trató de mirar su propia mano a centímetros de su rostro y no vio nada, ni siquiera cuando la sintió contra la nariz. Aventuró unos pasos con las palmas a modo de antena y de escudo sin llegar a tropezar con nada sólido. Supo, casi como una revelación, que al haberse movido no podría, nunca más, recuperar la noción del vector donde lo sorprendió el apagón. No había puntos cardinales. Ni la pared, ni la memoria serían de gran ayuda donde no había referencias, y daba igual si había dado una o cien vueltas, el hecho era que estaba atrapado en el centro de un socavón de más de un kilómetro de largo, con cero visibilidad y totalmente desorientado.

¿Cuánto duró ese lapso? ¿Se congeló el tiempo junto con su sangre o el reloj no ignoró su designio y se desplomó despiadado en el futuro? ¿Fueron segundos o siglos, o fue la nada? ¿Caminó en alguna dirección, viró en algún sentido o permaneció estático, coreando el silencio con el corazón detenido? Recapitulemos. Antes de dar un paso irremediable, si no es que ya lo dio, recapitulemos.

La humedad que había debajo de sus pies empezó a fluir lentamente, a convertirse en movimiento, a cobrar vida y a cobrar muerte. ¿Por qué no? Y pensó que eran más de las cinco, pero no cuánto más. Eso dependía de en qué parte del conducto se hallara. Namita ya estaría esperándolo, pero ni en tres horas empezaría a buscarlo. Así era ella, tranquila. Entendía que llegara tarde o que no llegara, y lo acogía con la misma sonrisa, siempre afable. Tanto si era la hora convenida como si era la misma hora de un día no convenido. Namita sabía que él llegaría tarde o temprano, a buscar su Congo misterioso y salvaje.

—Que no soy del Congo, Sebastián, cómo tengo que decírtelo. Soy de Tanzania, me asombra tu ignorancia— se reía Namita con frecuencia.

Había nacido en Tabora y ahora era, sobre todo, afro-colombiana, después de quince años y tres hijos nacidos en Colombia. Había llegado al país siendo casi una niña, pero casada ya y esperando al primer niño que murió recién nacido. Con el paso del tiempo había descubierto su patria verdadera en medio de esa sabana fría y seca, salpicada de rocío cada amanecer, de un modo tan contundente que no quiso regresar al África con su marido y se quedó con los niños, los dos que tuvo después, en ese pequeño pueblo, trabajando para la constructora que entonces comenzaba las obras de la represa. Namita había visto surgir las primeras ataguías y había visto los primeros camiones cargados de acero y hormigón entrar por la carretera al ritmo de su alegría creciente y del gusto de la primera libertad que conocía, lejos por fin de la crueldad del esposo que después de arrastrarla a una aventura involuntaria, la abandonaba indolente. Namita no ignoraba que Sebastián no estaba enamorado de ella ni tampoco que se hallaba al borde del matrimonio con su novia en Bogotá, pero se acostaba con él porque de esa manera ambos aliviaban sus soledades y el silencio abrumador que reinaba en la represa. Namita era excesiva en todo sentido. Se podía decir que era una persona de grandes proporciones, pues además de que medía un metro noventa su generosidad, su resistencia y su mirada tenían larga duración. Ojos redondos, inmensos, inacabables a lo ancho y a lo hondo; dientes descomunales, pies, manos, rodillas... sí, todo superlativo, como una mujer vista a través de una lupa. Hasta la nostalgia negra y atávica de sus movimientos poseía la cualidad de eterna.

El agua subía deprisa por sus tobillos. Cuarenta y cinco minutos era un cálculo olímpico que podía resultar convincente en la superficie, pero allí en el fondo negro era más bien un veredicto que venía arrastrándose vertiginoso con la corriente. Exacto. La palabra clave era corriente. Entonces se agachó y metió los dedos en el agua para tratar de adivinar su dirección. Conocía perfectamente la estructura y sabía que andando en el mismo sentido del agua, tarde o temprano llegaría a la boca del túnel. A cierta distancia y con los ojos adaptados a la oscuridad, percibiría con facilidad la poca luz que se filtrara desde arriba, claro, suponiendo que siguiera abierto el agujero. Si alguien por error, o por acierto, lo hubiese cerrado, entonces pasaría derecho hacia la turbina y sería propulsado como un cohete a un olvido final. El problema era que estaba demasiado asustado, quizá, o el frío había entorpecido tanto su sensibilidad que no era capaz de establecer el curso del agua. Movimiento sí, pero hacia dónde. Había que hablar con cierto profesor de Física que le había asegurado que la distancia tenía estatus vectorial, al contrario del tiempo. O es que sólo se trataba del tiempo y la dirección era un artilugio inventado por los matemáticos para justificar su impotencia. Entonces no era cierto que el destino se torciera, y no tenía caso afirmar que cierto niño, que vivía en Bogotá con su madre soltera, hubiera cambiado el destino de Sebastián con su aparición imprevista en un vientre y lo hubiera forzado a dejar la universidad, faltando un semestre para graduarse, para tener que trabajar y asumir como Dios manda la paternidad responsable. Cierto niño y cierta mujer eran una jugarreta del tiempo, y en otra dimensión, posiblemente, no serían más que un sueño o las secuelas de una lección aprendida a destiempo. Dios mío, rezó. Si salgo de aquí voy a casarme con la mamá de mi hijo y voy a ser el mejor padre y esposo del mundo. Voy a corregir mi turbulencia, a enmendar mis errores y nunca más me meteré en un túnel.

Se secó las manos contra el overol y las metió debajo de las axilas buscando que un poco de calor le devolviera la sensibilidad. Tensó los músculos y escudriñó la nada con los ojos, que imaginó todavía azules pero que sin duda estaban negros e inundados en sus pupilas dilatadas. Los cerró y empezó a girar sobre su eje como un planeta tímido y confuso. El norte queda justo al norte del norte y también al sur del norte si seguimos por ese lado. Con el sur pasa lo mismo y desde luego con todos los puntos de la Rosa de los vientos. Parecía mentira que la Tierra todavía fuera plana y en vez de una esfera, la Rosa de los vientos fuera una circunferencia. Su comprensión global de una represa había sido plana hasta hacía unos meses, cuando llegó a la obra, contratado en calidad de obrero y siendo casi un arquitecto, huyendo de cierta mujer y cierto niño y cierta vida que se había arruinado. Estaban construyendo el último tramo y el mundo estalló novedoso desde los libros hasta la realidad. El mundo, plano hasta entonces, contenido en los diez mandamientos, saturado de prejuicios, sumado y restado en el *Álgebra Baldor*, reducido a su mínima expresión en el diccionario, conjeturado en el diario oficial, resumido en la rutina y en la formalidad. El mundo que le enseñaron ciertos padres, donde no cabían las patrañas, en el que si cierta mujer decía que se estaba cuidando era porque no podía quedar embarazada y donde la gente lloraba porque estaba triste y reía porque estaba alegre sin ningún subterfugio. El mundo del orden vectorial. El mundo de repente monumental, sinuoso, ambiguo, incierto, inconmensurable. Convertido en un conducto forzado por el que había que deambular, buscando una escalera de gato que bien podía no existir.

El agua estaba arriba de sus rodillas y sonaba como una montaña que se desplomaba. Era una montaña líquida que venía a su encuentro y dispuesta a todo, empezaba a empujarlo hacia la turbina, hacia la última tobera, hacia la muerte. Pero, desde luego antes de la turbina estaban la escalera de gato y la salida. Por Dios, el agua no sólo lo estaba empujando, también le estaba enseñando la dirección. Todo lo que tenía que hacer era seguirla, y si no fuera por el peligro de hipotermia hasta podría sumergirse y flotar en la corriente hasta ver la luz. A esa hora no sería gran cosa, pero aun la oscuridad de la noche de afuera, en esas circunstancias, constituiría una luz. Se armó de valor, empezó a andar en el sentido que el agua le indicaba, y caminó sin pensar más que en la escalera hasta que el nivel del agua le alcanzó la cintura sin que la luz prometiera aparecer. Seguro que de ida había caminado mucho menos. Entonces se había pasado y se dirigía a la turbina.

—¿Alguien me oye? —Gritó con fuerza haciendo bocina con las manos y mirando hacia arriba. El eco retumbó y el agua continuó su monótona y aterradora conversación. ¿Quién iba a oírlo con el ruido del agua?—. Auxilio —gritó de nuevo y esperó sobrecogido hasta que las lágrimas empezaron a rodar, ardientes y temblorosas por sus mejillas heladas—. Namita —susurró ahogado en la negrura, necesitando escuchar la voz del Congo orientándolo, como otras veces, entre alucinaciones de tambores y rugidos que se internaban en la boca del túnel, de su sexo hacia la salida—. Namita..., ven a buscarme... Para nacer esta vez, desde el subterráneo hasta la superficie. Para hacer el camino de regreso.

Recapitular. Hacer que coincida la visión global y plana de la represa con la realidad múltiple, donde las tres dimensiones habituales se tienen que sumar, la soledad, el frío, el silencio, la confusión y el tiempo. Oh Dios, el tiempo. La corriente seguía enseñando su curso y de vez en cuando se paraba a sentirlo, para asegurarse de que no estaba torciendo el destino. La presencia dura de la pared contra su hombro le sorprendió con dos descubrimientos distintos: la certeza de la solidez, referencial y consoladora, y el entendimiento de que había caminado en diagonal. Qué tan confiable sería la corriente, se preguntó, o mejor, qué tan confiable sería su percepción de la corriente. Cuando se retiró de la universidad para tomar la responsabilidad del hijo que nacería estaba siguiendo una corriente en contra de sus deseos, los cuales, se parecían más a morirse o escapar. El dilema fundamental era que sus padres no le hubieran perdonado evadir ese compromiso sagrado, como tampoco le perdonaban que se hubiera metido en él. Lo moral era, sin embargo, tirar sus sueños por la borda y cumplir con el niño. Hasta casarse con la madre, quién sabe, a estas alturas ya no importaba demasiado. Y Namita también era una corriente que se movía, pero en otra dirección. La corriente que lo arrastraba hacia sus brazos y lo dejaba viajar por un mundo lejano que nunca conocería. Namita, diez años mayor que él, madre de dos hijos y negra. ¿Qué dirían sus padres? Nada cambiaba el hecho de que la necesitaba y que el arrastre de ella, por lo menos aquí, lejos de la otra vida, fuera la parte más real de la corriente. Por lo menos la que se dejaba sentir, la que traía su pedacito de calor y no le entumecía los dedos. La corriente era muy incierta y nadie sabía su dirección. Con el agua a los hombros la corriente era un bamboleo hacia atrás y adelante, y no siempre, menos a ciegas, hacía evidente su dirección. Apoyó las palmas contra la superficie dura, para no perder la única referencia. Así la referencia fuera de la fatalidad, pues era mejor caminar hasta la muerte prendido de una pared, sabiendo por dónde y para dónde iba.

Escuchó un ruido, como de pasos. No, no eran pasos. Más bien algo que avanzaba hacia él, algo dentro del agua. Alguien venía tras él.

—¡Aquí estoy! —aulló al borde de la esperanza y el terror—. ¡Aquí, aquí, aquí! —pero no obtuvo respuesta, y, sin embargo, alguien venía. Acaso fuera la muerte.

Un sinnúmero de imágenes cobraron aliento. La más vívida, la del esqueleto encapuchado nadando hacia él. Nadie dijo que la muerte nadara, pero mira, hela aquí. Ya venía, y a que no adivinan, venía con la corriente, quién iba a decirlo. Con alguna de las corrientes cuando menos. Empezaba a desvariar y así nunca podría recapitular. El ruido cesó unos instantes y Sebastián aceptó que no podía seguir caminando, pues era definitivo que de haber tomado la dirección correcta hacía rato que habría dado con la escalera de gato. A lo mejor ya estaba muerto y éste era el famoso túnel que tenía agua en vez de la luz al final. Ahora recapitular incluía veintiséis años de tiempo invertido con este único fin, veintiséis años gastados en llegar al socavón. No sabía qué era más extraordinario, si vivir tanto para terminar así o terminar así sin haber vivido tanto. La rectitud era una verdadera estafa, una quimera que sustituía amarga la sinuosidad. Si, alguna vez, volviera a estar afuera, trataría por todos los medios de no perder el sentido de la ambigüedad y de conservar la visión multidimensional. Si volviera a estar afuera no volvería a aceptar las mentiras cómodas y newtonianas registradas en los manuales. Si volviera a estar afuera pelearía por el derecho a su búsqueda y sabría que, si había algo que darle a cierto hijo, más que empeñarle la vida con un matrimonio-conducto-forzado a cierta madre, era la garantía de una escalera de gato. Porque no había modo de eludir los túneles, porque la superficie despejada era una idea errada y la vida, en cambio, la vida real, era subterránea y difusa. La vida era esta nueva oscuridad en la que había que aprender a caminar. De nada servía recapitular si todo lo pasado era falso, a menos que fuera para comprender su falsedad. En el plano de la represa; corte transversal, altura estimada, aliviaderos y desaguaderos, estructura de bóveda... hacía más de una hora habría encontrado la escalera de gato. Aquí, con el agua hasta el cuello, los sofisticados instrumentos, la alta tecnología, los logros de la inteligencia humana, las escuadras y las reglas de cálculo, perdían toda importancia.

En unos minutos más, en siete centímetros más, no podría caminar más y empezaría a flotar y a subir por el túnel hasta ahogarse, y entonces sobrevendría la claridad. Sabría por ejemplo por qué no regresó Francisco. Vería, tal vez, su cara compungida, cruzada por la espada de la culpa y hundida entre las manos toscas y desesperadas. El buen Francisco, explicándole a la gente por qué no pudo volver. Cómo iba a saber que la otra linterna se apagaría y Sebastián quedaría atrapado, cómo iba a saber, cuando pasó por la boca del túnel y la encontró cerrada, que un obrero desapercibido y de una responsabilidad de hijueputa, creería que estaba abierta por error y bajaría la compuerta en cumplimiento de su deber. Cómo suponer que Sebastián seguía adentro cuando toda lógica indicaba que se había marchado sin despedirse. Pero, Francisco, ¿y la planilla?, ¿no pensó que faltaba la planilla? El buen Francisco se atormentaría y quién sabe, su fantasma lo visitaría en las noches para recriminarle. «Sácame, Francisco, sácame del túnel». Al parecer el asunto del túnel era muy personal y nadie podía sacarlo a uno, ni mostrarle la escalera de gato.

El ruido se reanudó. No eran pasos, eran golpes que venían de arriba como si alguien estuviera martillando sobre el conducto. En contra de toda lógica los ruidos venían de adelante, es decir, de lo que ahora entendía como adelante. Sin soltar el contacto con la pared prosiguió la marcha hacia el martilleo, pero ya no podía avanzar gran cosa porque el agua fluctuaba entre sus labios y era difícil conservar el equilibrio, luchar contra la presión vertical, el rozamiento y la gravedad y permanecer conectado con los golpes del martillo. El aire era insoportable así que al final habría de elegir el agua. ¿O no? El aire enrarecido, por lo menos, significaba seguir con vida. Se imaginó su sombra deambulando por el túnel. Pero no podía haber sombra sin luz. Se imaginó la gráfica de su espectro recorriendo el corredor y las distintas flechas que indicaban su posición. Las fuerzas que actuaban sobre su masa, el movimiento laminar, el principio de Arquímedes y el teorema de Bernoulli que decía que a menor presión mayor velocidad. Ojalá y todos estuvieran locos. Todos menos el martillo. Euler, el gran matemático suizo que había establecido que las leyes de los fluidos sólo funcionaban si se suponían fluidos incompresibles o ideales, libres del rozamiento; y estaba claro que no había ideales y que todos eran incomprensibles. La mecánica de fluidos no sabía nada del miedo, de las lágrimas y los sueños, y estaba mandada a recoger.

Mamá le limpiaba las lágrimas con los pulgares y le acariciaba el pelo con brusquedad. A la vez lo regañaba y le repetía sin cesar:

—Eso te pasa, niño, por no mirar por donde caminas.

Sebastián lloraba de alivio y aunque le ardían las rodillas y tenía las palmas de las manos llenas de raspones, agradecía las caricias enfurecidas porque eran la prueba de que estaba a salvo. Tenía cinco años y todavía no comprendía por qué correr sin mirar era un delito tan grave. Estaba persiguiendo una mariposa y le disparaba bodoques de papel. Ahora, la mariposa se había esfumado y no le quedaban más que las heridas y el susto, eso te pasa niño, por no mirar por dónde vas. No corras, no pierdas el tiempo, no preguntes, tú tienes la culpa Sebastián. Tú eres la fuente de la confusión. Estaba en los hombros de su papi, a caballito, y corrían a campo traviesa. Papi sí sabía correr. El mundo se le colaba por los ojos y le gritaba: ¡vuelas, vuelas, vuelas!, a punto de alcanzar las nubes, por arriba de las copas de los árboles, como un niño inmaterial transformado en cometa. En cometa y en agüita. O tal vez eran orines o papito no estaría tan bravo. Estaba vomitando sobre el asfalto, tan borracho como eso era posible, hincado de rodillas, vuelto al revés, con sus quince años de temores saliéndosele por la boca y asfixiándolo con su fetidez. Claudia, la vecina de entonces, se había arrepentido demasiado tarde de hacerlo, se había retirado sin aviso, como quién dice a empujones, y ahora el semen se escurría entre sus dedos culpable y despreciado, ante los ojos atónitos de la chica que lloraba de espanto. Tú te lo buscaste Sebastián, por no fijarte por dónde vas. Si alguna vez pudiera volver a morirse, mejor dicho, si esta vez pudiera no morirse, tendría que reflexionar acerca de esta agonía y aceptar que los últimos recuerdos no son lo que se espera de ellos. Lágrimas, sangre, semen, vómito, orines...

mecánica de fluidos, seguramente.

El martillo sonó por encima de su cabeza y vino acompañado de otro ruido familiar y cálido. Un ruido sedante que olía a naranjo, que sabía a coca cola con cigarrillo, a escondidas. Un ruido que contenía remiendos cosidos por mamá en sus rodilleras; libros nuevos, forrados de papel escocés y rotulados del ruido; pelotas lanzadas en su dirección y precedidas por el ruido. Un ruido susurrado entre gemidos, por voces distintas, guturales y aflautadas. En su oído, en el teléfono, en los parques. Un ruido lleno esperanza: Sebastián.

—Sebastián...

—¡Estoy aquí! —Bramó recuperando las fuerzas—. ¡Estoy aquí! —Repitió al borde de la conmoción—. Aquí, aquí, al norte del norte, debajo de abajo, después del último después—.

Lloró en silencio y sus lágrimas se mezclaron con quinientos mil metros cúbicos de agua, y se sumaron a la historia de la represa, de los ríos y de los mares de la tierra, en el preciso momento en que la luz se reveló ante sus ojos. La algarabía le llegó de lejos, el agua se inundó de colores, las barras metálicas resplandecieron sobre el hormigón, y se agarró del travesaño, gélido, acerado y maravillosamente sólido de la escalera de gato.

Sebastián los convenció de que podía subir por sus medios y les pidió que lo esperaran afuera. Sólo no suelten las linternas, dijo. Sonaba convincente y tranquilo, hasta de buen humor, y lo dejaron hacerlo. Salvarse lo pone a uno de buen humor, le renueva las ganas y le pone motores a las piernas. Terminó, se dijo, y sintió una punzada de dolor que se le clavaba en la espalda. Lloró un par de metros, se detuvo y se aclaró la garganta antes de reanudar el ascenso.

Salió empapado, tiritando y con las mandíbulas vibrando como castañuelas. Apenas asomar la cabeza, muchos pares de brazos lo levantaron en vilo y lo pusieron en la tierra contundente. Francisco le apretó la cara y se puso a sollozar sin tregua una interminable letanía: Hermanito, hermanito, hermanito, hasta que Sebastián lo consoló lo suficiente como para poderse soltar.

Mientras lo conducían a la enfermería y le cubrían con chaquetas y palmadas de bienvenida, pensó, engañándose, que la oscuridad había terminado, y anduvo erguido, agradecido, riéndose del tropel de comentarios cruzados. Sebastián el aplomado, el fuerte, el sensato. Dispuesto a reconciliarse con los planos, a trazar la vida en cuadrículas, a consultarle la verdad al diccionario, a buscar compañía en los directorios. Sebastián, el que negociaría un poco más con la farsa y se alimentaría de nuevo con teoremas. El que mentiría otra vez a favor de las reglas, consignaría su mesada obligatoria en la cuenta del niño y se haría padre en cómodas cuotas mensuales. El que cuidaría su prestigio, pactaría una tregua con las dudas y dormiría esta noche con Namita, soñando con el Congo y ahorrando en Bogotá, asido a una balsa y planeando un trasatlántico. Sebastián definitivo, el de siempre, porque el del túnel se había sumergido en el silencio.

Y pensar que estuvo al borde de la salvación...

Al descubierto

Nitzhui Morales
México

Al descubierto

What a million filaments.
The peanut-crunching crowd
Shoves in to see

Them unwrap me hand and foot—
The big strip tease.
Sylvia Plath

Caminaba por el barrio rojo y las luces de neón me repelían. Algunas prostitutas adolescentes acariciaban mi cuello si pasaba cerca de ellas. Levantándose el diminuto vestido, ofrecían la blandura de su sexo y la firmeza de sus senos a los oficinistas y padres de familia que buscaban, frenéticos, eyacular en sábanas ajenas cada viernes por la noche. Yo no era mejor que ellos, pues también buscaba el placer, el inasible placer que se escapa continuamente de nosotros y que perseguimos a causa de no sé qué necedad masoquista. La vulgaridad uniforme del barrio comenzaba a repugnarme por su monotonía carente de nuevos misterios, sin embargo, antes de decidir largarme de ahí, entré en un bar para sorber el último licor de la noche. En la barra estaban sentados, de forma dispersa, solitarios alcoholizados y solitarios con prostitutas. Me acomodé en un rincón, alejado del barullo. Contemplaba la luz que atravesaba los cubos de hielo de mi bebida cuando, detrás de mí, una voz grave habló:

—Es el mismo circo de siempre. Se satisfacen con tan poco, como los niños y los perros.

Giré la cabeza y me encontré con un sujeto cejijunto y de dientes separados por enormes abismos.

—Obsérvelos, creen que el placer es sólo eso: entrar en una cavidad femenina para derramar su leche putrefacta.

Yo me encogí de hombros en silencio, no tenía ganas de hablar con nadie. Pero el hombre insistió:

—Caballero, su mirada de fastidio me revela que usted no es como los demás; su espíritu examina rigurosamente el mundo para poner al descubierto lo que queda oculto para la mayoría. Harto de la vulgaridad, permanece en este rincón, absorto, bebiendo un alcohol casi insípido —y señaló el vaso entre mis manos—. Pero incluso el más agudo fastidio tiene cura. Yo obraría mal si, conociendo el remedio, no se lo muestro a usted. La noche está aún recubierta de promesas que yo me encargaré de revelarle. Sígame por favor.

El sujeto no me despertaba confianza pero, confieso, su manera de describirme besó los pies de mi vanidad y no tuve más opción que seguirle. El hombre me guió a la parte posterior del bar. Penetramos en una habitación vacía, iluminada penosamente por un foco, en la que sólo resaltaba una trampilla de madera en medio del piso.

—Confío, caballero, en que el dinero no es un impedimento para usted.

Comprometido negué con la cabeza. El hombre extendió su mano y yo deposité todo el dinero que llevaba en mi cartera. Me dolió desembolsar tal cantidad, pero retractarme hubiera herido mi amor propio. El hombre contó los billetes con minuciosidad y pareció satisfecho.

—No me queda más que desearle un placentero espectáculo —dijo levantando la trampilla del sótano.

Bajé por unas estrechas escaleras mientras el hombre cerraba detrás de mí la trampilla, dejándome solo. Cuando llegué a un pasillo alumbrado por luces púrpuras, caminé hasta encontrarme con una gruesa puerta de madera que empujé sin dudarlo. Entonces, penetré en un salón casi idéntico al bar en el que había estado hace unos momentos, sólo que con decorados menos prosaicos y clientes más distinguidos. Un fornido mesero se percató de mi presencia y me condujo a una mesa vacía. Sin que yo se lo pidiera, me llevó un fino licor que bebí al momento. El calor del alcohol en mi esófago me reconfortó. Me puse a observar mejor mi entorno. Pequeños caireles de cristal colgaban del techo, y en medio del lugar, un pesado telón aterciopelado ocultaba un escenario rodeado de mesas, algunas ocupadas y otras vacías. Cerca de donde me encontraba, un señor de cabello cano y ojos celestes miraba, impaciente, su reloj de pulsera. En la mesa opuesta, un hombre regordete de bigote hirsuto carraspeaba cada cierto tiempo.

Las luces del salón se apagaron, y por un momento todo quedó sumido en la penumbra. Escuché levantarse el telón. Al instante, el escenario fue iluminado. Entraron en él tres hermosas mujeres, como tres gracias, vestidas de una seda trasparente que, sin dificultad, se empalmaba a la escultura de su cuerpo. Cada una llevaba un maletín negro, como el que usan los médicos. Las tres depositaron el maletín casi al borde del escenario y ahí lo dejaron. Entonces, comenzó a sonar una música que se presumía sensual. Las mujeres, al ritmo de la música, se desprendieron de los tersos vestidos de seda. Su desnudez sólo reveló lo que muchos de nosotros ya imaginábamos. Danzaban acariciándose los senos, mostrándonos sus traseros firmes que, de vez en vez, apretaban con la punta de los dedos, como cuando se quiere probar la madurez de un fruto. Sus manos bajaban lentamente por el abdomen y, como animales que buscan refugio, se introducían por debajo del pubis, entre las piernas. Aunque las mujeres eran muy bellas, yo estaba frustrado. Había pagado al hombre cejijunto un dineral tan sólo para ver un *striptease* como cualquier otro, un espectáculo que ya era lugar común en el barrio rojo.

Pensar en que había sido timado como un tonto, en que me habían tomado el pelo, me enervó. Me levanté de mi asiento y me dirigí a la puerta. Antes de alcanzarla, el mesero que me había atendido me obstaculizó la salida.

—¿El caballero ya se marcha?

—¡Ya! —Rugí mientras intentaba apartar al mesero de mi camino.

—¡Pero si el caballero aún no ha visto nada!

Dejé de empujarlo.

—¿Nada, dices?

—Esto es tan sólo el comienzo —dijo con una misteriosa sonrisa y recargó levemente su mano en mi espalda para guiarme de vuelta a mi mesa.

Me senté y el mesero volvió a llenar mi copa de licor. Mi mal humor no se había disipado, pero me resigné a mirar el *show*; al fin y al cabo, ya había pagado por él. Sin embargo, mi atención no duró mucho y pronto me distraje observando a los otros hombres. Al igual que yo, ellos no parecían nada animados. El hombre de ojos celestes seguía mirando su reloj de vez en cuando. El del bigote hirsuto apoyaba el mentón en la mano izquierda, mostrándose aburrido. De pronto, la música dejó de sonar y las mujeres pararon su baile. Sin desvanecer la sonrisa de sus rostros, se acercaron al maletín y extrajeron de él un objeto que en un primer momento no pude ver pues sus manos lo ocultaban. Otra música de un ritmo más acelerado que la anterior, se escuchó de repente. Las mujeres levantaron los brazos y entonces vi que sus manos empuñaban bisturís. Los distinguí claramente porque la luz de los reflectores se reflejaba en las afiladas puntas, como brillantes chispas de un fuego incandescente. Las mujeres comenzaron a bailar igual que antes, haciendo gala de su sensualidad. Pero en vez de acariciarse el cuerpo con las manos, lo hacían con el bisturí. Mejor dicho, se rasguñaban con el bisturí. Y este instrumento quirúrgico dejaba en sus pieles marcas rojas —heridas, sin duda— que no les causaban el menor dolor, pues ellas continuaban sonrientes. Los rasguños pronto se hicieron más profundos. Las bailarinas hincaron los bisturís en su piel y, con una insólita precisión quirúrgica, trazaron óvalos y rectángulos, al igual que lo hacen los carniceros cuando quieren delimitar la carne de las reses. La sangre, rubí líquido, comenzó a expeler gota a gota de aquellos cortes.

Estaba anonadado, nunca había presenciado algo parecido. Quise comprobar si yo era el único estupefacto y lancé un vistazo a mis compañeros de penumbra. Vi que sus rostros, hasta hace unos minutos indiferentes o aburridos, ahora mostraban un interés lascivo, una excitación que iba en aumento. Noté que la mesa del hombre bigotón bamboleaba levemente y sus manos debajo de ella me sugerían el porqué. La música, de percusiones alucinantes, aceleró el ritmo y las bailarinas, con una inaudita carencia de dolor, procedieron a desprenderse la piel, como si se tratara de silicón o de la cáscara que arrancamos a los mangos. Al contrario de las víboras, ellas se quitaron la piel a pedazos. Y recién desprendido un fragmento, lo lanzaban fuera del escenario y éste caía en el piso o daba a parar en alguna mesa, tirando las copas, derramando el licor, manchando el mantel de carmesí. La carne viva —el músculo rojizo que rezumaba sangre— quedaba expuesta al aire. Como en una clase de anatomía, veíamos los tendones tensarse y destensarse según las flexiones de las bailarinas.

Impactado por aquella falta de censura cárnica, una náusea me invadió. Al contrario de mi reacción, el hombre de ojos azules y el bigotón habían metido las manos a sus pantalones para extraer sus falos ya enhiestos. Con una notable falta de pudor, comenzaron a frotarlos repetidas veces sin despegar la mirada del escenario. En ese momento, no sé por qué, aquellos falos me recordaron a los primitivos ídolos de madera que son masajeados por sus adoradores.

Esta vez sonó una música frenética. Las tres gracias, sin parar su danza macabra, sacaron del maletín navajas de mayor tamaño, y con ellas procedieron a cortarse los músculos, dando lugar a una sangría digna de las antiguas hecatombes. Los músculos crispados cedían a la violencia de las navajas, y los tendones distendidos eran tajados con tal facilidad que recordaban a las cuerdas rotas de un arpa. Al igual que con la piel, las bailarinas se arrancaron la carne y la lanzaron a los espectadores. Éstos estaban al borde del éxtasis y del delirio, henchidos de excitación. Impúdicos, gemían y se retorcían de placer. Los falos entre las manos de sus dueños parecían peces carnosos que son desovados a la fuerza. Sólo que, en vez de expulsar cientos de diminutos huevos, los falos escupían viscoso semen.

Un grueso pedazo de carne cayó en mi mesa, salpicándome de sangre que yo juré era negra. Mi estómago no lo soportó más y me agaché debajo de la mesa para vomitar. Mi vómito, una pasta amarillenta y espesa, me parecía más reconfortante que el sórdido espectáculo del cual era testigo. Quise quedarme debajo de la mesa, no salir nunca. Escuchaba gritos eufóricos, silbidos, gemidos orgásmicos. Entonces cambié de parecer y decidí que lo mejor era huir. Estaba a punto de escabullirme cuando alguien levantó el mantel que cubría la mesa y me descubrió ahí, compungido y sucio de vómito. Era el mesero que me atendía. Con el rostro desencajado me lazó una mirada de desprecio y reproche:

—¡El caballero se está perdiendo lo mejor! —Gritó mientras intentaba sacarme de mi escondite valiéndose de una fuerza que nunca le creí capaz.

El mesero, con brutales puñetazos, logró que mis brazos se desenlazaran de las patas de la mesa a las que me había asido. Como si yo fuera un niño y él mi padre reprendiéndome, me sentó de un empujón en la silla. Me sentía humillado y los golpes que el mesero me había asestado comenzaron a entumirme el tórax. Nadie se había dado cuenta de nuestro forcejeo porque los clientes yacían satisfechos, cubiertos de fluidos lechosos. En medio de mi desconcierto, el mesero tomó entre sus gruesas manos mi cabeza y la giró bruscamente hacia el escenario. Entonces, y a pesar mío, vi que sobre el escenario las tres gracias se habían desprendido de los últimos trozos de carne y dejaban al descubierto sus esqueletos manchados de sangre. Las mujeres no eran más que osamentas en movimiento, calacas que hacían resonar el piso con el peso de sus huesos. Y las cuencas vacías de sus ojos, verdaderos abismos de una negrura insondable, parecían mirarme desde un lugar que no existe.

Creo que lancé un alarido de terror antes de caer desmayado; antes de perder el sentido, si es que alguna vez me jacté de poseerlo.

Semblanzas de los autores

Adrián Sandoval

(Caracas, 1995). Hasta el día de hoy tiene sentimientos encontrados con el hecho de haber nacido. Produce historias desde que tiene memoria, porque dibujar y hacer amigos se le hace difícil. Bachiller en Humanidades, estudiante de Letras en la Universidad Central de Venezuela y, tras su partida del país, en Casa de Letras (Buenos Aires). El trasfondo de su educación viene de incontables talleres de escritura y numerosas lecturas. Ve muchas películas e insisten en que pasa demasiado tiempo frente al ordenador. Un tanto taciturno pero afable, sus hobbies incluyen pasear a su perro y reírse de sus propios chistes.

Hugo Corona

(Ciudad de México, 1995). Arquitecto egresado de la Universidad del Valle de México. De un temprano fervor por las historietas, con un amor de antaño por la literatura fantástica y de terror. Gran apasionado por el cine de ciencia ficción. Autor de crónicas, cuentos, critica y artículos en diversas plataformas digitales.

Silverio Contreras

(Valle de Allende, Chihuahua, 1988). Vivió en Jiménez, Chihuahua, hasta los 4 años. Actualmentye radica en Ciudad Juárez, misma que ama con pasión. Es egresado de la Universidad Autónoma de Ciudad Juárez. Comenzó a escribir a los 13 años tras adentrarse en la literatura de Tolkien y descubrir la gran cantidad de mundos y aventuras que pueden describirse en un texto. En la actualidad le gusta escribir sobre ciencia ficción, terror cósmico y fantasía.

Ulises Manzano González

(Chetumal, 1995). Creció rodeado de libros, cómics y películas de ciencia ficción, terror y fantasía que irremediablemente lo inspiraron a imaginar sus propios monstruos y a contar historias, las cuales ha comenzado a publicar recientemente.

Fernanda del Monte

(Ciudad de México, 1978). Escritora de cuento, ensayo y teatro. Investigadora y dramaturgista. Sus relatos han aparecido en antologías en España y México. Tiene un libro de relatos publicado: *El amor quita el sueño* (México, 2013). Sus obras teatrales han sido estrenadas y presentadas en distintos festivales de dramaturgia nacionales e internacionales (Barcelona, Santiago de Chile, Montreal), y llevados a escena en Tokio, Buenos Aires y distintas ciudades de la República Mexicana. Entre sus premios internacionales resalta el *Premio Images and Words* de Toronto en 2013, por su texto dramático *Palabras Escurridas*, y el *Premio Internacional de Ensayo Teatral*, por su ensayo *Territorios textuales*, en el denominado teatro posdramático. Se pueden encontrar sus ensayos y obras publicadas en ArtezBlai, España, Tierra Adentro, Anónimo Drama, Textos de la Capilla, Revista de Investigación Teatral de la UV, Revista Karpa de la Universidad de los Angeles, entre otros.

Yonnier Torres

(Placetas, 1981). Sociólogo, poeta y narrador. Egresado del Centro Nacional de Formación Literaria «Onelio Jorge Cardoso». Entre sus últimos títulos publicados se encuentran los poemarios *Dios no me tiene en cuenta* (2017), *Una jaula casi perfecta* (2017), y *Postales de Varadero* (2015). Cuentos y poemas suyos aparecen publicados en revistas, antologías y selecciones de España, Colombia, Argentina, Bolivia, México, Alemania y Cuba.

José Benigno Gaona

(Ciudad de México, 1987). Lector infatigable del género fantástico y afines, desde hace un tiempo también cultiva la escritura del mismo. Comenzó a publicar sus primeros cuentos en diversas revistas electrónicas de México, Perú, España y Argentina. Sus influencias literarias son numerosas a la hora de escribir, desde los clásicos J. R. R. Tolkien y Ray Bradbury hasta autores como Francisco Tario y Marion Zimmer Badley. La antología *La danza de las sílfides* (Lectio, 2019), es su primer proyecto literario de su entera autoría.

Malú González Cortés

(Viña del Mar, 1992). Es colaboradora de la Revista *Griffo*, donde publicó los cuentos *Hilos* y *Punky Veranista*. *Expropiación*, publicada en 2018 por Imbunche Ediciones, es su primera novela. Actualmente vive en Santiago.

Denisse Beltrán Ramírez

(Tijuana, 1996). Estudia la licenciatura en Lengua y Literatura de Hispanoamérica en la Universidad Autónoma de Baja California. Ha colaborado en diferentes revistas independientes con relatos cortos y poesía, ésta es su primera participación en una antología.

Felipe Romero

(Puebla, 1996). Estudió Música en el Conservatorio de música del estado de Puebla. Su obra *Fue antes de la merienda* será publicada por la editorial mexicana Sangre Ediciones. Es entusiasta de las letras y del cine.

Beatriz Eugenia Cadavid Rico

(Bogotá, 1962). Cursó los estudios de Literatura y Lenguas en la Universidad Pedagógica Nacional, donde ejerció la docencia durante 15 años. Actualmente trabaja como correctora de estilo y asesora en proyectos de grado.

Fue ganadora del *Permio Distrital de Cuento Ciudad de Bogotá* en 2016. Ha sido finalista en varios concursos de cuentos de Idartes y el Banco de la República, y del *Premio de Novela Juvenil «Barco de Vapor»*. Es autora de otras dos novelas inéditas, y ha incursionado en el género de poesía, de forma «irrespetuosa e irremediable», según sus palabras.

Se define a sí misma como creyente del sagrado culto de la palabra, escritora convencida de su destino verbal, y una lectora apasionada que tardó años en comprender que había un mundo fuera de los libros.

Actualmente alterna su residencia entre las ciudades de Bogotá y Armenia.

Nitzhui Morales Pineda

(Ciudad de México, 1994). Estudia la licenciatura en Filosofía en la Universidad Nacional Autónoma de México (UNAM). En 2017 ganó el *I Concurso de Microrrelatos «Medidas Mínimas»* organizado por la Universidad de Salamanca y la UNAM. En 2018 obtuvo una mención en el *V Concurso Internacional de minicuento «Abriendo Puertas»* (Cuba) y recibió una mención honorífica en el *Premio Ariadna de Cuento.* Ha publicado cuentos, poemas, minificciones y reseñas en revistas de México, Canadá y España.

Índice

Obras publicadas en Lectio

Antología de poesía

Poetas a la intemperie I

Narrativa breve

Un perdedor sin futuro, Raúl Solís

Acúsome, padre, Rocío Herrera

Manual de acrobacia cotidiana, Rodrigo de Ávila

Nexos y otros aullidos hechos letras, Andrés Lobo

De veras que estás buena, Francisco Enríquez

Poesía

Divino poemario, Erik Meneses

La flor de un cardenche, María Elisa Schmidt

Lata de sardinas para dos, David Ledesma

Próximamente en el catálogo Lectio

Novela

Overcast, Jorge Varela

El ladrón de Julios, Dayana González

El crepitar de las ascuas, Jesús Ariza

Carnet de París, Marlon Varela

Lucifer in live, Héctor González

Tiempo de esperanza, Jorge Montiel

Poesía

Esta carta es para vos, Jonathan Ros

Entre una estrella y dos golondrinas, Manuel Sauceverde

Arqueología del dolor, Pamela Calero

En el reino de la tierra, Alejandro Rodríguez

Conversaciones con Eco, Carmen Arribas

Alucinación y locura en la sala de espera del purgatorio, Jorge Varela

Matemática de los cuerpos ingrávidos, Karen Martínez

Volver a la bestia, Polet Andrade

Las estaciones del alma y un suspiro en la noche, José Tapia

Cuento

Los túneles y otros cuentos, José Rodríguez

Canción de amor y nota roja, Arturo Flores

La danza de las sílfides, José Gaona

Universos perpendiculares, Manuel Sauceverde

Descarnada cotidianidad, Israel García

Ensayo

Pareceres de los días: ocho ensayos breves, Luis Enrique Escobar Nieto de Pascual

La promiscuidad épica, Osvaldo Moreno

Descarga este libro gratis

1. Escribe tu nombre y apellido, con pluma o bolígrafo, en la página donde aparece el título de este libro y el logo de Lectio.

2. Tómale una foto al libro, debe verse la página con tu nombre.

3. Envíanos la foto a ebooks@lectio.com.mx

En poco tiempo, recibirás un enlace para descargar tu libro.

Exploraciones Quiméricas Vol. 1 se terminó de componer en febrero
de 2019 en el estudio de diseño editorial de Lectio en la Ciudad de
México. La revisión y el cuidado de la edición estuvieron a cargo de
Alan Santos y Roberto Arias. Para su composición se emplearon las
familias tipográficas Comorant Garamond y Raleway.
Para conocer el fondo editorial de Lectio visita: www.lectio.com.mx

La quimera de la literatura